AF186450

Tucholsky Wagner Scott Zola Fonatne Sydow Freud Schlegel

Turgenev Wallace Walther von der Vogelweide Fouqué Friedrich II. von Preußen

Twain Weber Freiligrath Frey

Fechner Fichte Weiße Rose von Fallersleben Kant Ernst Richthofen Frommel

Engels Fielding Hölderlin Eichendorff Tacitus Dumas

Fehrs Faber Flaubert Eliasberg Ebner Eschenbach

Feuerbach Maximilian I. von Habsburg Fock Eliot Zweig Vergil

Goethe Ewald Elisabeth von Österreich London

Mendelssohn Balzac Shakespeare Dostojewski Ganghofer

Trackl Lichtenberg Rathenau Doyle Gjellerup

Mommsen Stevenson Tolstoi Hambruch Droste-Hülshoff

Dach Thoma von Arnim Lenz Hanrieder

Karrillon Reuter Verne Hägele Hauff Humboldt

Garschin Rousseau Hagen Hauptmann Gautier

Damaschke Defoe Hebbel Baudelaire

Descartes Hegel Kussmaul Herder

Wolfram von Eschenbach Dickens Schopenhauer Rilke George

Bronner Darwin Melville Grimm Jerome Bebel Proust

Campe Horváth Aristoteles Voltaire Federer Herodot

Bismarck Vigny Barlach Heine

Gengenbach Storm Casanova Tersteegen Gilm Grillparzer Georgy

Lessing Langbein Gryphius

Chamberlain Lafontaine

Brentano Claudius Schiller Kralik Iffland Sokrates

Strachwitz Bellamy Schilling

Katharina II. von Rußland Gerstäcker Raabe Gibbon Tschechow

Löns Hesse Hoffmann Gogol Wilde Vulpius

Luther Heym Hofmannsthal Klee Hölty Morgenstern Gleim

Roth Heyse Klopstock Kleist Goedicke

Luxemburg Puschkin Homer Mörike

La Roche Horaz Musil

Machiavelli Kierkegaard Kraft Kraus

Navarra Aurel Musset Lamprecht Kind Kirchhoff Hugo Moltke

Nestroy Marie de France Laotse Ipsen Liebknecht

Nietzsche Nansen Ringelnatz

Marx Lassalle Gorki Klett Leibniz

von Ossietzky May vom Stein Lawrence Irving

Petalozzi Platon Knigge

Sachs Pückler Michelangelo Kock Kafka

Poe Liebermann Korolenko

de Sade Praetorius Mistral Zetkin

Der Verlag tredition aus Hamburg veröffentlicht in der Reihe **TREDITION CLASSICS** Werke aus mehr als zwei Jahrtausenden. Diese waren zu einem Großteil vergriffen oder nur noch antiquarisch erhältlich.

Symbolfigur für **TREDITION CLASSICS** ist Johannes Gutenberg (1400 — 1468), der Erfinder des Buchdrucks mit Metalllettern und der Druckerpresse.

Mit der Buchreihe **TREDITION CLASSICS** verfolgt tredition das Ziel, tausende Klassiker der Weltliteratur verschiedener Sprachen wieder als gedruckte Bücher aufzulegen – und das weltweit!

Die Buchreihe dient zur Bewahrung der Literatur und Förderung der Kultur. Sie trägt so dazu bei, dass viele tausend Werke nicht in Vergessenheit geraten.

Arsène Guillot

Prosper Mérimée

Impressum

Autor: Prosper Mérimée
Übersetzung: Paul Hansmann
Umschlagkonzept: toepferschumann, Berlin

Verlag: tradition GmbH, Hamburg
ISBN: 978-3-8424-0950-7
Printed in Germany

Ziel der TREDITION CLASSICS ist es, tausende deutsch- und fremdsprachige Klassiker wieder in Buchform verfügbar zu machen. Die Werke wurden eingescannt und digitalisiert. Dadurch können etwaige Fehler nicht komplett ausgeschlossen werden. Unsere Kooperationspartner und wir von tradition versuchen, die Werke bestmöglich zu bearbeiten. Sollten Sie trotzdem einen Fehler finden, bitten wir diesen zu entschuldigen. Die Rechtschreibung der Originalausgabe wurde unverändert übernommen. Daher können sich hinsichtlich der Schreibweise Widersprüche zu der heutigen Rechtschreibung ergeben.

Prosper Mérimée

Arsène Guillot

... Wo Paris und Phoibos Apollon
Dich, so tapfer Du bist, am scaiischen Tore verderben ...

Homer, Illias.

I.

In Sankt Rochus war die letzte Messe eben zu Ende, und der Küster machte die Runde, um die verlassenen Kapellen zuzusperren. Er wollte das Gitter eines jener aristokratischen Kirchenstühle schließen, wo manche fromme Damen sich die Erlaubnis, vor den übrigen Gläubigen ausgezeichnet, zu Gott zu beten, erkauft haben, als er bemerkte, daß noch eine Frau darinnen war, die, wie es schien, in stille Betrachtungen versunken, den Kopf auf die Rücklehne ihres Sessels neigte. »Das ist Frau von Piennes,« sagte er sich, am Kapelleneingange verharrend. Frau von Piennes war dem Küster gut bekannt. Zu jener Zeit war es für eine junge, reiche und hübsche Dame der Gesellschaft, die in die Messe ging, Altardecken schenkte und durch ihres Pfarrers Vermittlung reiche Almosen spendete, recht verdienstvoll, fromm zu sein, wenn sie mit keinem Regierungsbeamten verheiratet, nicht mit der Frau Dauphine verbunden war, und außer ihrem Seelenheile nichts durch vieles Kirchenbesuchen zu gewinnen hatte. Und so stand es um Frau von Piennes.

Der Küster hatte große Lust zum Mittagessen zu gehn, denn solche Leute essen um ein Uhr. Wagte aber die fromme Sammlung eines in der Pfarrei von Sankt Rochus so geschätzten Wesens nicht zu stören. Er entfernte sich also, die ausgetretenen Schuhe auf den Fliesen klappern lassend, nicht ohne die Hoffnung, daß, wenn er den Rundgang durch die Kirche gemacht, er die Kapelle leer finden würde.

Er war bereits auf der anderen Chorseite, als eine junge Frau in die Kirche trat und neugierig um sich schauend, in einem der Seitenschiffe auf und abging. Altarblätter, Stationen, Weihwasserkessel, all diese Gegenstände schienen ihr ebenso fremd, wie es für Sie, gnädige Frau, die heilige Nische oder die Inschriften einer Rairenser Moschee sein könnten. Etwa fünfundzwanzig Jahre war sie alt; man mußte sie aber sehr aufmerksam betrachten, um sie nicht für älter zu halten. Obwohl ihre schwarzen Augen sehr funkelten, lagen sie tief in blauen Ringen; ihre farblosen Lippen kündigten Leiden an, während eine gewisse kecke und frohe Miene in diesem Blicke lebhaft mit solch kränklichem Aussehen in Widerspruch stand. In ihrem Anzuge würden Sie eine seltsame Mischung von Nachlässigkeit und Gesuchtheit gefunden haben. Ihr mit künstlichen Blumen geschmückter Kapotthut hätte besser für eine kleine Abendgesellschaft gepaßt. Unter einem langen Kaschmirschal, deren erste Besitzerin sie nicht war, wie das geübte Auge einer Dame der Gesellschaft erraten haben würde, verbarg sich ein etwas abgenutztes Kleid aus Kattun, die Elle zu zwanzig Sous. Ein Mann endlich würde ihren Fuß bewundert haben, wenn er auch mit gewöhnlichen Strümpfen und pflaumenblauen Schuhen bekleidet war, die seit langem die Unbilden des Pflasters zu erdulden schienen. Der Asphalt, gnädige Frau, war, wie Sie sich erinnern, noch nicht erfunden worden.

Diese Frau, deren soziale Stellung Sie haben erraten können, näherte sich der Kapelle, wo Frau von Piennes sich befand; und nachdem sie die einen Moment mit etwas unruhiger und verwirrter Miene betrachtet hatte, näherte sie sich ihr, als sie sie aufstehen und im Begriffe fortzugehn sah.

»Könnten Sie mir angeben, gnädige Frau,« sagte sie mit sanfter Stimme und einem schüchternen Lächeln, »könnten Sie mir angeben, wohin ich mich wenden muß, um eine Kerze zu weihen?«

Solch eine Sprache klang zu fremd in Frau von Piennes Ohren, als daß sie sie sofort verstanden hätte. Sie ließ sich die Frage wiederholen.

»Ja, ich möchte dem heiligen Rochus eine Kerze weihen; weiß aber nicht, wem ich das Geld dafür geben muß.«

Frau von Piennes besaß eine zu aufgeklärte Frömmigkeit, um in den Volksaberglauben eingeweiht zu sein. Doch respektierte sie ihn, denn jegliche Verehrungsform hat etwas Rührendes, wie plump sie auch immer sein mag. Überzeugt, es handle sich um ein Gelübde oder etwas Ähnliches, und zu mitleidig, um aus dem Anzuge der jungen Frau mit dem Rosahut Schlüsse zu ziehen, was Sie vielleicht furchtlos tun würden, wies sie sie an den näherkommenden Küster. Die Unbekannte dankte ihr und lief zu jenem Manne, der sie verstand, ohne daß sie alles zu sagen brauchte. Während Frau von Piennes ihr Messebuch nahm und ihre Schleier ordnete, sah sie die Kerzendame eine kleine Börse aus ihrer Tasche ziehen und daraus aus sehr vieler kleinen Münze ein einsames Fünffrankenstück nehmen und es dem Küster einhändigen, indem sie ihm ganz leise lange Ermahnungen machte, die er lächelnd anhörte.

Zu gleicher Zeit verließen sie beide die Kirche; die Kerzendame ging aber sehr schnell, und Frau von Piennes hatte sie bald aus dem Auge verloren, obwohl sie in der nämlichen Richtung ging. An der Ecke der von ihr bewohnten Straße begegnete sie ihr von neuem. Unter ihrem gebrauchten Kaschmir suchte die Unbekannte ein Vierpfundbrot zu verbergen, das sie in einem Nachbarladen gekauft hatte.

Als sie Frau von Piennes wiedersah, senkte sie den Kopf, konnte aber ein Lächeln nicht unterdrücken und verdoppelte ihre Schritte. Ihr Lächeln sagte: »Was wollen Sie? Ich bin arm!« Machen Sie sich über mich lustig, ich weiß wohl, daß man in Rosakapotthut und Kaschmirschal kein Brot kauft.« Diese Mischung von Schüchternheit, Ergebung und guter Laune entging Frau von Piennes durchaus nicht.

Nicht ohne Betrübnis dachte sie an die wahrscheinliche Lage dieses jungen Mädchens. »Ihre Frömmigkeit,« sagte sie sich, »ist verdienstvoller als meine. Sicherlich ist ihre Fünffrankengabe ein viel größeres Opfer als der Überfluß, den ich, ohne mich im geringsten zu berauben, den Armen zuwende.« Dann erinnerte sie sich an die Scherflein der Witwe, die Gott angenehmer sind als die prunkenden Almosen der Reichen. »Ich tue nicht genug Gutes,« dachte sie, »tue nicht alles, was ich tun könnte.« Indem sie sich innerlich Vorwürfe machte, die sie durchaus nicht verdiente, kam sie nach Hause. Die Kerze, das Vierpfundbrot und vor allem das Opfer des einzigen Fünffrankstücks hatten Frau von Piennes Gedächtnis das Antlitz der jungen Frau, die sie für ein Beispiel der Frömmigkeit hielt, eingeprägt.

Ziemlich häufig noch begegnete sie ihr in der Straße bei der Kirche, doch niemals im Gottesdienst. Jedesmal, wenn die Unbekannte an Frau von Piennes vorbeiging, senkte sie den Kopf und lächelte sanft. Dies gar bescheidene Lächeln gefiel Frau von Piennes. Gern hätte sie eine Gelegenheit gefunden, sich dem armen Mädchen gefällig zu erweisen, das ihr anfangs Interesse eingeflößt hatte, jetzt aber ihr Mitleid erregte, denn sie hatte bemerkt, daß der rosa Kapotthut verblich und der Kaschmirschal verschwunden war. Zweifelsohne war er zur Trödlerin zurückgekehrt. Sankt Rochus hatte das Opfer, das man ihm dargebracht, augenscheinlich nicht hundertfältig vergolten.

Eines Tages sah Frau von Piennes, wie ein Sarg in Sankt Rochus hineingetragen wurde, dem nur ein reichlich schlechtgekleideter Mann folgte, der keinen Flor um seinen Hut trug. Er sah nach einem Portier aus. Seit mehr als einem Monate war sie der jungen Frau mit der Kerze nicht begegnet, und es kam ihr der Gedanke, sie wohne deren Beerdigung bei. Nichts war wahrscheinlicher, denn sie war so blaß und mager gewesen, als Frau von Piennes sie das letzte Mal gesehen hatte. Der befragte Küster erkundigte sich bei dem Manne, der dem Sarge folgte. Der antwortete, er sei Hausmeister in einem Hause Rue Louis-le-Grand; eine seiner Mieterinnen sei gestorben, eine Frau Guillot, und da sie weder Verwandte noch Freunde, nur eine Tochter gehabt, so wohne er aus reiner Herzensgüte, er, der Hausmeister, der Beerdigung einer Person bei, die ihn nichts angehe. Sofort stellte Frau von Piennes sich vor, ihre Unbekannte sei im Unglück gestorben, hinterlasse eine kleine Tochter ohne Beistand, und nahm sich vor, durch einen Geistlichen, den sie gewöhnlich für ihre guten Werke benutzte, Erkundigungen einziehen zu lassen.

Am übernächsten Tage hielt, als sie von Hause fortfuhr, ein quer über die Straße stehender Karren ihren Wagen einige Augenblicke auf. Als sie mit zerstreuter Miene durch den Vorhang guckte, sah sie das junge Mädchen, das sie für gestorben hielt, gegen einen Prellstein gelehnt. Mühelos erkannte sie sie wieder, obwohl sie bleicher und magerer denn je, und in Trauer gekleidet, doch ärmlich, ohne Handschuhe, ohne Hut war. Sie hatte einen merkwürdigen Gesichtsausdruck, statt ihres gewöhnlichen Lächelns waren ihre Gesichtszüge verzerrt, ihre großen schwarzen Augen blickten verstört; sie wandte sie nach Frau von Piennes hin, ohne sie jedoch zu erkennen, denn sie sah nichts. Aus ihrer ganzen Haltung ließ sich nicht Schmerz, sondern ein wilder Entschluß ersehen. Der Karren hatte sich entfernt, und Frau von Piennes Wagen fuhr in scharfem Trabe weiter; doch des jungen Mädchens Bild und sein verzweifelter Ausdruck verfolgten Frau von Piennes einige Stunden lang. Bei ihrer Rückkehr sah sie einen großen Menschenauflauf in ihrer Straße. Alle Portierfrauen waren vor ihren Türen und erzählten ihren Nachbarinnen etwas, dem sie mit lebhafter Teilnahme zuzuhören schienen. Besonders vor einem Hause, das dem von Frau von Piennes bewohnten benachbart war, drängten sich die Gruppen. Alle Augen waren auf ein offenes Fenster im dritten Stockwerke gerichtet, und in jedem kleinen Kreise erhoben sich ein oder zwei Arme, um es der allgemeinen Aufmerksamkeit kenntlich zu machen; dann senkten sich die Arme plötzlich zur Erde, und alle Augen folgten dieser Bewegung. Irgend ein ungewöhnliches Ereignis war eben geschehen.

Als Frau von Piennes ihr Vorzimmer durchschritt, fand sie ihre Dienerschaft verstört, jeder bemühte sich um sie, um als erster den Vorzug zu haben, ihr die große Neuigkeit des Viertels zu erzählen. Bevor sie aber eine Frage tun konnte, hatte ihre Kammerfrau gerufen:

»Ach, gnädige Frau! ... wenn gnädige Frau wüßten!« ...

Und mit unglaublicher Schnelligkeit die Türen öffnend, war sie mit ihrer Herrin in das »Sanctum sanctorum« will sagen ins Ankleidezimmer, eingetreten, das für das übrige Haus unzugänglich war.

»Ach! gnädige Frau,« sagte Fräulein Josephine, während sie Frau von Piennes den Schal abnahm, »ich bin ganz ab. Nimmer hab' ich etwas so schreckliches gesehn, das heißt, ich hab's nicht gesehen, obgleich ich im Augenblick hernach hingelaufen bin ... Aber trotzdem ...«

»Was ist denn nur geschehn? Erzählen Sie schnell, Kind.«

»Nun, gnädige Frau, drei Häuser von hier hat sich ein armes, unglückliches Mädchen, es ist noch keine drei Minuten her, aus dem Fenster gestürzt; wenn gnädige Frau eine Minute eher gekommen wären, würden Sie den Fall gehört haben!«

»Ach, mein Gott! Und die Unglückliche hat sich getötet?«

»Gnädige Frau, es ist entsetzlich. Baptist, der doch im Kriege gewesen ist, behauptet, nie etwas Ähnliches gesehen zu haben. Aus dem dritten Stock, gnädige Frau!«

»War sie auf der Stelle tot?«

»Oh! gnädige Frau, sie bewegte sich noch; sprach sogar. »Man soll mir den Gnadenstoß geben!« hat sie gesagt. Aber ihre Knochen waren zu Brei gequetscht. Gnädige Frau können sich denken, was für einen Schups sie sich gegeben haben muß!«

»Doch die Unglückliche ... hat man ihr Hilfe gebracht? ... Hat man einen Arzt, einen Priester holen lassen? ...«

»Was einen Priester angeht, so wissen gnädige Frau besser als ich ... wenn ich aber Priester wäre ... Eine Unglückliche, die so verlassen ist, daß sie sich selbst tötet ... Überdies, sowas hat kein gutes Leben geführt ... Man sieht's häufig ... Sie ist bei der Oper gewesen, wie man mir gesagt hat ... Alle diese Mädchen endigen schlecht ... Sie hat sich aus dem Fenster gestürzt; hatte ihre Röcke mit einem rosa Bande zugebunden, und ... los!«

»'s ist das arme Mädchen in Trauer!« rief Frau von Piennes, mit sich selber redend.

»Ja, gnädige Frau; ihre Mutter ist vor drei, vier Tagen gestorben. Das hat ihr den Kopf verwirrt ... Überdies hat ihr Liebhaber sie vielleicht versetzt ... Und dann ist die Miete fällig geworden ... Kein Geld, sowas versteht nicht zu arbeiten ... Da weiß man nicht, wo einem der Kopf steht; ein böser Streich ist so schnell verübt ...«

Fräulein Josephine fuhr noch einige Zeit so fort, ohne daß Frau von Piennes antwortete. Traurig schien sie über die soeben gehörte Erzählung nachzudenken. Plötzlich fragte sie Fräulein Josephine:

»Weiß man, ob das unglückliche Mädchen alles hat, was sie für ihren Zustand benötigt? ... Leinen? ... Matratzen? ... Man soll es sogleich zu erfahren suchen!«

»Ich will von Seiten der gnädigen Frau aus hingehn, wenn gnädige Frau es wollen,« rief die Kammerfrau, entzückt, eine Frau, die sich hatte töten wollen, aus der Nähe zu sehen.

Dann, nachdenkend, fügte sie hinzu:

»Aber ich weiß nicht, ob ich die Kraft habe, sowas zu sehen; eine Frau, die aus einer dritten Etage gefallen ist! ... Als man Baptist zur Ader ließ, ist mir schlecht geworden, das hat mich umgeworfen!«

»Schön, senden Sie Baptist,« rief Frau von Piennes, »aber bald soll man mir sagen, wie es der Unglücklichen geht.«

Glücklicherweise kam ihr Arzt, Doktor P..., als sie diesen Befehl erteilte. Seiner Gewohnheit gemäß kam er jeden Dienstag, den Tag der italienischen Oper, zu ihr zu Mittag.

»Laufen Sie schnell, Doktor,« rief sie ihm entgegen, ohne ihm Zeit zu lassen, seinen Stock fortzustellen und seinen wattierten Überrock abzulegen; »Baptist wird Sie führen... zwei Schritte von hier; ein armes junges Mädchen hat sich eben aus dem Fenster gestürzt und ist ohne Hilfe.«

»Aus dem Fenster?« sagte der Arzt. »Wenn es hoch war, hab' ich wahrscheinlich nichts mehr zu tun.«

Der Doktor hatte größere Lust zu essen, als eine Operation vorzunehmen, doch Frau von Piennes war hartnäckig, und auf das Versprechen hin, daß das Diner verschoben würde, willigte er ein, Baptist zu folgen.

Nach einigen Minuten kam letzterer allein zurück. Er verlangte Leinwand, Kopfkissen usw. Gleichzeitig brachte er den maßgebenden Entscheid des Arztes.

»Es ist nichts. Sie wird davonkommen, wenn sie nicht stirbt an ... Ich erinnere mich nicht, an was er sagte, daß sie wohl sterben würde, das hörte aber mit »os« auf.«

»An Tetanos!« rief Frau von Piennes, »an Starrkrampf!«

»Eben das, gnädige Frau; doch immerhin ist's sehr gut, daß der Herr Doktor gekommen ist, denn es war da schon ein elender Arzt ohne Praxis, der nämliche, der die kleine Berthelot an den Masern behandelt hat; und sie ist bei seinem dritten Besuche gestorben.«

Nach einer Stunde erschien der Doktor wieder, leicht entpudert und sein schönes Spitzenjabot in Unordnung.

»Leute, die sich töten wollen, sind Sonntagskinder,« sagte er. »Neulich bringt man eine Frau in mein Hospital, die sich mit der Pistole in den Mund geschossen hat. Eine üble Weise! ... Sie hat sich drei Zähne ausgerissen und ein Loch in die linke Backe geschossen ... Etwas häßlicher wird sie werden, das ist alles. Die nun wirft sich aus dem dritten Stock. Ein armer braver Teufel könnte, ohne es ausdrücklich zu wollen, aus dem ersten fallen und würd' sich den Hals brechen, das Mädchen bricht sich ein Bein ... Zwei eingedrückte Rippen, vier Kontussionen, und das ist alles. Ein Schutzdach ist zufällig da, ganz gelegen, um den Fall abzuschwächen. Das ist der dritte ähnliche Fall, den ich seit meiner Rückkehr nach Paris sehe ... Die Beine sind zuerst auf den Boden gekommen; aber Schienbein und Wadenbein heilen wieder ... Schlimmer ist, daß die Kruste der Steinbutte völlig ausgetrocknet ist ... Ich fürchte sehr für den Braten und wir werden den ersten Akt Othello versäumen!«

»Und was hat Ihnen die Unglückliche gesagt, das sie getrieben hat, zu ...«

»Oh! Solche Geschichten höre ich mir nie an, gnädige Frau. Ich frage sie: »Was haben Sie vorher gegessen?« usw. usw., weil das für die Behandlung wichtig ist. Potzblitz! wenn man sich umbringt, hat man irgend einen üblen Grund. Bin Liebhaber verläßt einen, ein Hausbesitzer setzt einen vor die Tür; man springt aus dem Fenster, um ihm etwas am Zeuge zu flicken. Man ist nicht so bald in der Luft, als man's auch schon sehr bereut.«

»Sie bereut, hoffe ich, das arme Kind?«

»Zweifelsohne, zweifelsohne. Sie weinte und führte sich auf, daß mir ganz wirr wurde ... Baptist ist ein tüchtiger Hilfschirurg, gnädige Frau; machte seine Sache besser als der kleine Medizinstudent, den ich da antraf und der sich den Kopf kratzte, nicht wußte, wo er anfangen sollte ... Was peinlicher für sie ist, ist, daß, wenn sie sich getötet hätte, sie nicht an Schwindsucht gestorben wäre; denn sie ist schwindsüchtig, das gebe ich ihr schriftlich. Ich habe sie nicht auskultiert, doch die »facies« trügt mich nie. Es so eilig haben, wenn man's nur gehn zu lassen braucht!«

»Sie werden sie morgen besuchen, Doktor, nicht wahr?«

»Ich muß es wohl, wenn Sie es wünschen. Habe ihr schon versprochen, daß Sie etwas für sie tun würden. Am einfachsten steckte man sie ins Hospital ... Man würde ihr da gratis einen Apparat für die Wiedereinrenkung ihres Beins verschaffen ... Beim Worte Hospital aber schrie sie, man solle ihr den Rest geben; alle Gevatterinnen machten den Chorus. Indessen, wenn man nicht einen Sou hat ...«

»Ich werde die nötigen Ausgaben bezahlen, Doktor ... Ach, das Wort Hospital schreckt wider meinen Willen auch mich wie die Gevatterinnen, von denen Sie sprachen. Übrigens, sie in ein Hospital schaffen, jetzt, wo sie in dem schrecklichen Zustande ist, hieße sie töten.«

»Vorurteil! Pures Vorurteil der feinen Leute! Nirgendwo ist man besser aufgehoben als im Hospital, wenn ich mal ernstlich krank werde, lasse ich mich ins Hospital transportieren. Von dort aus werd' ich mich in Charons Barke einschiffen, und meinen Leichnam will ich den Studenten vermachen ... heute in dreißig oder vierzig Jahren, versteht sich. Ernsthaft, liebe Frau, bedenken Sie: Ich weiß nicht allzu genau, ob Ihr Schützling Ihrer Teilnahme auch würdig ist. Sie sieht mir ganz nach einem Opernmädchen aus ... Man muß Balletbeine haben, um einen solchen Sprung so glücklich zu machen ...«

»Aber ich hab' sie in der Kirche gesehn ... und, halt, Doktor ... Sie kennen meine Schwäche; ich baute eine ganze Geschichte auf einem Gesichte, einem Blicke auf ... Lachen Sie, soviel Sie wollen. Ich täusche mich selten. Das arme Mädchen hat neulich ein Gelübde für seine kranke Mutter getan. Ihre Mutter ist gestorben ... Dann hat sie den Kopf verloren ... Die Verzweiflung, Unglück haben sie in diese überstürzte, schreckliche Handlung getrieben.«

»Recht so! Ja, tatsächlich, hat sie oben auf dem Schädel eine Anschwellung, die Überspanntheit anzeigt. Alles, was sie sagen, ist ziemlich wahrscheinlich. Sie erinnern mich daran, daß sie oben an ihrem Gurtbett einen Buchsbaumzweig hatte. Darnach kann man auf ihre Frömmigkeit schließen, nicht wahr?«

»Ein Gurtbett! Ach, mein Gott! armes Mädchen! ... Aber, Doktor, Sie haben Ihr spöttisches Lächeln aufgesteckt, das ich so gut kenne. Ich rede nicht von Frömmigkeit, die sie besitzt oder nicht besitzt, was mich hauptsächlich verpflichtet, mich für dies Mädchen zu interessieren, ist, daß ich mir seinetwegen einen Vorwurf zu machen habe ...«

»Einen Vorwurf? ... Ich verstehe. Zweifelsohne hätten Sie Matratzen auf die Straßen breiten müssen, um sie aufzufangen?« ...

»Ja, einen Vorwurf: ich hatte ihre Lage bemerkt, ich hätte ihr Hilfe schicken müssen; doch der arme Abbé Dubignon war bettlägerig, und ...«

»Sie müssen sich viele Gewissensbisse machen, gnädige Frau, wenn Sie glauben, es genüge nicht, wie's Ihre Gewohnheit ist, allen Bettlern etwas zu geben. Ihrer Meinung nach muß man auch noch die verschämten Armen herausfinden. – Doch, gnädige Frau, reden wir nicht mehr von Beinbrüchen, oder, vielmehr noch drei Worte. Wenn Sie meiner neuen Kranken Ihren hohen Schutz gewähren, lassen Sie ihr ein besseres Bett hinschaffen, und morgen eine Wärterin ... heute werden die Gevatterinnen genügen ... Fleischbrühen, verschiedene Tees usw. Und was nicht schlecht sein würde, schicken Sie ihr irgend einen guten Kopf unter ihren Abbés hin, der ihr die Leviten liest und ihren Mut wieder in Ordnung bringt, wie ich ihr Bein wieder in Ordnung gebracht habe. Die kleine Person ist nervös, Komplikationen könnten uns überraschen ... Sie würden ... ja, meiner Treu, Sie würden die beste Predigerin sein, doch haben Sie Ihre Sermone wohl an besserer Stelle zu halten ... Ich habe gesprochen. – Es ist achteinhalb Uhr, um Gotteswillen! Treffen Sie Ihre Vorbereitungen für die Oper. Baptist wird mir Kaffee bringen und das »Journal des Débats.« Den ganzen Tag bin ich so herumgelaufen, daß ich noch nicht weiß, was in der Welt vor sich geht.«

Einige Tage verstrichen, und der Kranken ging's etwas besser. Nur beklagte der Doktor sich, daß die seelische Überreiztheit sich nicht vermindere.

»Kein großes Vertrauen habe ich auf all Ihre Abbés,« sagte er zu Frau von Piennes. »Wenn Sie nicht allzu viel Widerwillen dagegen hätten, das Schauspiel des menschlichen Elends zu sehen, und ich weiß nicht, ob Sie den Mut dazu aufbringen, könnten Sie das Hirn dieses armen Kindes besser beruhigen als ein Priester von Sankt Rochus, und was mehr gilt, besser als eine Dosis Morphium.«

Frau von Piennes wünschte nichts sehnlicher, und schlug ihm vor, ihn auf der Stelle zu begleiten. Beide gingen zu der Kranken hinauf.

In einem mit drei Rohrsesseln und einem kleinen Tische ausgestatteten Zimmer lag sie auf einem guten, von Frau von Piennes geschickten Bette ausgestreckt.

Feine Laken, dicke Matratzen, ein Haufen großer Kopfkissen kündigten mitleidige Aufmerksamkeit an, deren Urheberin Sie mühelos erraten werden. Das schrecklich bleiche junge Mädchen mit glühenden Augen hatte einen Arm außerhalb des Bettes, und das Stück dieses Armes, welches aus ihrer Jacke hervorguckte, war bleifarbig, braun und blau geschlagen, und ließ erraten, in welchem Zustande ihr übriger Körper war. Als sie Frau von Piennes erblickte, hob sie den Kopf und sagte mit sanftem und traurigem Lächeln:

»Ich wußt' es wohl, daß Sie es waren, gnädige Frau, die Mitleid mit mir hatte. Ihren Namen hat man mir genannt, und ich war sicher, daß es die Dame sei, der ich in Sankt Rochus begegnete.«

Ich glaube Ihnen schon gesagt zu haben, daß Frau von Piennes sich einbildete, Menschen an ihrer Miene erkennen zu können. Sie war entzückt, an ihrem Schützling ein ähnliches Talent zu entdecken, und solch eine Entdeckung nahm sie noch mehr zu ihren Gunsten ein.

»Sie sind hier recht schlecht untergebracht, mein armes Kind!« sagte sie, ihre Blicke auf dem traurigen Zimmerhausrate spazieren schickend. Warum hat man Ihnen keine Vorhänge gesandt? ... Man muß Baptist die kleinen Gegenstände, deren Sie bedürfen, abverlangen.«

»Sie sind sehr gütig, gnädige Frau... was mir fehlt? Nichts ... Es ist aus ... Ein bischen besser, ein bischen schlechter, was macht's?«

Und den Kopf wegwendend, fing sie zu weinen an.

»Leiden Sie sehr, mein armes Kind?« fragte Frau von Piennes, sich neben ihr Bett setzend.

»Nein, nicht viel ... Nur saust immer der Wind in meinen Ohren wie bei meinem Sturze, und dann der Laut ... krach! ... als ich aufs Pflaster gefallen bin.« ...

»Damals waren Sie wahnsinnig, meine liebe Freundin; Sie bereuen es jetzt, nicht wahr?«

»Ja, doch wenn man unglücklich ist, hat man seinen Kopf nicht mehr beieinander.«

»Sehr bedaure ich's, Ihre Lage nicht eher gekannt zu haben. Aber, mein liebes Kind, in keinerlei Lebensumständen darf man sich der Verzweiflung überlassen.«

»Sie haben gut reden, gnädige Frau,« sagte der Doktor, der an dem kleinen Tische ein Rezept schrieb. »Sie wissen nicht, was es heißt, einen schönen jungen Mann mit Schnurrbart zu verlieren. Doch, zum Teufel! um ihm nachzulaufen, braucht man doch nicht aus dem Fenster zu springen!«

»Pfui! Doktor,« sagte Frau von Piennes, »die arme Kleine hatte zweifelsohne andere Gründe, um ...«

»Ach, ich weiß nicht, was ich hatte,« rief die Kranke; »hundert Gründe für einen. Erstens, als Mama starb, hat mir das einen Stoß versetzt. Dann habe ich mich verlassen gefühlt ... kein Mensch kümmerte sich um mich! ... Endlich hat einer, an den ich mehr als an alle Welt dachte, ... gnädige Frau, mich bis auf meinen Namen vergessen! Ja, ich heiße Arsène Guillot. G, u, i, zwei l; er schrieb mich mit einem y.«

»Ich sagt' es ja, ein Treuloser!« rief der Doktor. »Immer dasselbe! Bah, bah, meine Schöne, vergessen Sie das! Ein Mann ohne Gedächtnis verdient nicht, daß man an ihn denkt.« – Er zog seine Uhr. – »Vier Uhr?« sagte er aufstehend; »ich werde zu spät in meine Sprechstunde kommen. Gnädige Frau, ich bitte Sie tausend und tausendmal um Entschuldigung, aber ich muß Sie verlassen; Hab' nicht mal Zeit, Sie nach Hause zurückzubringen. – Leben Sie wohl, mein Kind, beruhigen Sie sich; das alles macht nichts. Sie werden auf diesem Beine ebenso gut wieder tanzen wie auf dem anderen. – Und Sie, Frau Wärterin, gehn Sie mit diesem Rezept in die Apotheke und tun Sie dann dasselbe wie gestern.«

Arzt und Wärterin waren fortgegangen; Frau von Piennes blieb allein mit der Kranken. War ein wenig beunruhigt, etwas von Liebe in einer Geschichte zu finden, die sie in ihrer Phantasie sich ganz anders zurechtgelegt hatte.

»Also, man hat Sie getäuscht, armes Kind!« fuhr sie nach einem Schweigen fort.

»Mich? nein, wie kann man ein elendes Mädchen wie mich täuschen? ... Nur hat er nichts mehr von mir wissen wollen ... Er hat Recht gehabt, ich bin nicht, was ihm frommt. Immer ist er gut und edelmütig gewesen. Ich hab' ihm geschrieben, um ihm zu sagen, wo ich sei, und ob er wolle, daß ich mich mit ihm versöhne ... Dann hat er mir ... Dinge geschrieben, die mir viel Kummer machten ... Anderen Tags, als ich nach Hause kam, hab' ich einen Spiegel fallen lassen, den er mir geschenkt hatte, einen Venetianischen Spiegel, wie er sagte ... Der Spiegel ging entzwei ... Ich habe mir gesagt: Das ist der letzte Schlag! ... 's ist ein Zeichen, daß alles aus ist ... Ich hatte nichts mehr von ihm. Meinen Schmuck hatt' ich aufs Leihhaus gebracht ... Und dann hab' ich mir gesagt, daß, wenn ich mich zerstörte, ihm das Kummer machen, und daß ich mich damit rächen würde ... Das Fenster stand offen und ich habe mich hinausgestürzt.«

»Aber, Sie Unglückliche, der Grund war ebenso frivol, wie die Tat strafbar!«

»Schön; doch was glauben Sie? Wenn man Kummer hat, überlegt man nicht. Glückliche Menschen können gut sagen: Seid vernünftig!«

»Ich weiß; Unglück ist ein schlechter Ratgeber. Doch inmitten der schmerzlichsten Prüfungen gibt es Dinge, die man nicht vergessen darf. Ich habe Sie in Sankt Rochus vor nicht langer Zeit eine Tat der Barmherzigkeit ausüben sehn. Sie haben das Glück zu *glauben*. Die Religion, meine Liebe, hätte Sie zurückhalten müssen im Augenblicke, wo Sie sich der Verzweiflung überlassen wollten. Ihr Leben haben Sie vom lieben Gott, es gehört nicht Ihnen ... Doch ich tue Unrecht, Sie jetzt zu tadeln, arme Kleine. Sie bereuen, Sie leiden. Gott wird Erbarmen mit Ihnen haben.«

Arsène senkte den Kopf, und einige Tränen netzten ihre Wimpern.

»Ach! gnädige Frau,« sagte sie mit einem tiefen Seufzer; »Sie halten mich für besser als ich bin ... Sie halten mich für fromm ... ich bin's nicht sehr ... man hat mich nicht unterwiesen und wenn Sie mich in der Kirche eine Kerze haben weihen sehn ... so geschah's, weil ich nicht mehr wußte, wo mir der Kopf stand.«

»Nun, meine Liebe, das war ein guter Gedanke. Im Unglück soll man sich immer an Gott wenden.«

»Man hatte mir gesagt ... daß, wenn ich Sankt Rochus eine Kerze weihte,... aber nein, gnädige Frau, ich mag Ihnen das nicht sagen. Eine Dame wie Sie weiß nicht, was man tun kann, wenn man keinen Pfennig mehr hat.«

»Vor allem muß man Gott um Mut bitten.«

»Kurz, gnädige Frau, ich will mich nicht besser machen als ich bin. Und es hieße Sie bestehlen und die Barmherzigkeit ausnutzen, die Sie mir erzeigen, ohne mich zu kennen ... Ich bin ein unglückliches leichtfertiges Mädchen ... Auf dieser Welt aber lebt man, wie man kann ... Um ein Ende zu machen, gnädige Frau, ich habe also die Kerze geweiht, weil meine Mutter sagte, wenn man Sankt Rochus eine Kerze weihe, würde einem eine Woche lang nimmer ein Mann fehlen, der sich mit einem einlasse ... Doch ich bin häßlich geworden, sehe wie eine Mumie aus ... niemand wollte mehr etwas von mir wissen ... Nun, es bleibt nur noch das Sterben übrig. Halb ist es schon geschehen!«

All das war sehr schnell gesagt worden, und zwar mit einer durch Seufzer unterbrochenen Stimme und in einem wahnsinnigen Tone, der Frau von Piennes mehr noch Entsetzen als Abscheu einflößte. Unwillkürlich entfernte sie ihren Stuhl von der Kranken Bett, vielleicht würde sie sogar das Zimmer verlassen haben, wenn nicht die Menschlichkeit, die stärker als ihr Ekel vor diesem Lustmädchen war, es ihr zum Vorwurf gemacht hätte, sie in einem Momente zu verlassen, wo sie Beute der wildesten Verzweiflung war. Einen Augenblick herrschte Schweigen, dann murmelte Frau von Piennes mit gesenkten Augen schwach:

»Ihre Mutter! Unglückliche! Was wagen Sie da zu sagen?«

»Oh! meine Mutter war wie alle Mütter... alle Mütter von unsereinem ... Sie hatte ihre erhalten ... ich hab' sie auch erhalten ... Glücklicherweise hab' ich kein Kind gekriegt. – Ich sehe, gnädige Frau, daß ich Ihnen Angst mache ... doch was wollen Sie? ... Sie sind wohl erzogen worden, nie haben Sie gelitten. Wenn man reich ist, kann man leicht anständig sein. Ich, ich würde anständig gewesen sein, wenn ich die Mittel dazu gehabt hätte. Ich hab' viele Liebhaber besessen ... Geliebt hab' ich aber nur einen Mann. Er hat mich sitzen lassen. Wär' ich reich gewesen, würden wir uns geheiratet, anständige Menschen in die Welt gesetzt haben ... Doch, gnädige Frau, ich rede mit Ihnen ganz freimütig von so etwas, obwohl ich genau sehe, was Sie von mir denken; und Sie haben Recht ... Aber Sie sind die einzige anständige Frau, mit der ich in meinem Leben geredet habe, und Sie sehen so gütig, so gütig aus!... daß ich mir eben jetzt selber gesagt habe: selbst wenn sie mich kennen lernt, wird sie Mitleid mit mir haben. Ich werde sterben, und ich bitte Sie um eins: wenn ich tot sein werde, lassen Sie eine Messe für mich lesen in der Kirche, wo ich Sie zum ersten Male gesehen habe. Ein einziges Gebet, das ist alles, und ich danke Ihnen aus Herzensgrunde ...«

»Nein, Sie werden nicht sterben!« rief Frau von Piennes tief bewegt. »Gott wird Mitleid mit Ihnen haben, arme Sünderin. Sie werden Ihre Ausschweifungen bereuen, und er wird Ihnen vergeben. Wenn meine Gebete etwas für Ihre Rettung tun können, sollen Sie ihrer nicht ermangeln. Die Sie erzogen haben, sind schuldiger als Sie. Haben Sie nur Mut und hoffen Sie. Versuchen Sie vor allem ruhiger zu werden, mein armes Kind. Der Leib muß heilen; auch die Seele ist krank, doch für deren Gesundung stehe ich ein.«

Beim Sprechen war sie aufgestanden, und rollte ein Papier zwischen den Fingern, das einige Goldstücke enthielt.

»Nehmen Sie,« sagte sie, »wenn Sie Lust auf irgend etwas haben ...«

Und ließ ihr kleines Geschenk unter das Kopfkissen gleiten.

»Nein, gnädige Frau!« rief Arsène heftig, das Papier zurückstoßend, »ich will nur von Ihnen, was Sie mir versprachen, haben. Leben Sie wohl, wir werden uns nicht wiedersehen. Lassen Sie mich in ein Hospital schaffen, damit ich zu Ende komme, ohne jemandem lästig zu fallen. Nimmer würden Sie aus mir etwas Vernünftiges machen. Eine vornehme Dame wie Sie wird für mich gebetet haben; ich bin zufrieden. Leben Sie wohl.«

Und sich soweit abwendend, wie es der Apparat erlaubte, der sie an ihr Bett fesselte, verbarg sie ihren Kopf in ihrem Pfühle, um nichts mehr zu sehen.

»Hören Sie, Arsène,« sagte Frau von Piennes mit ernstem Tone, »ich habe Absichten auf Sie, will eine anständige Frau aus Ihnen machen. Das verspricht mir Ihre Reue zuversichtlich. Oft werde ich wieder zu Ihnen kommen, für Sie sorgen. Eines Tages sollen Sie mir Ihre eigene Wertschätzung verdanken.«

Und sie ergriff ihre Hand und drückte sie zart.

»Sie haben mich berührt!« schrie das arme Mädchen, »haben mir die Hand gedrückt!«

Und ehe Frau von Piennes ihre Hand zurückziehen konnte, hatte sie sie gefaßt, und bedeckte sie mit Küssen und Tränen.

»Beruhigen Sie sich, beruhigen Sie sich, meine Liebe!« sagte Frau von Piennes. »Sagen Sie mir nichts mehr. Jetzt weiß ich alles, und kenne Sie besser, als Sie sich selber kennen. Ich bin der Arzt Ihres Kopfes, Ihres armen Kopfes ... Sie sollen mir gehorchen, ich verlange es, ganz so wie Ihrem anderen Arzte. Ich werd' Ihnen einen mir befreundeten Geistlichen schicken, Sie werden ihm zuhören. Ich will Ihnen gute Bücher aussuchen, Sie werden sie lesen. Manchmal wollen wir plaudern, wenn es Ihnen dann besser geht, werden wir uns mit Ihrer Zukunft beschäftigen.«

Die Wärterin trat ein, ein Fläschchen in der Hand haltend, das sie vom Apotheker mitbrachte. Arsène weinte nur immer. Frau von Piennes drückte ihr nochmals die Hand, legte die Goldstückrolle auf den kleinen Tisch und ging fort. Mehr noch vielleicht war sie für ihre Sünderin eingenommen, als vor deren seltsamen Beichte.

»Warum, gnädige Frau, liebt man so leicht üble Existenzen? Vom verlorenen Sohne an bis auf Ihren Hund Diamant, – der jedermann beißt, und der das boshafteste Tier ist, das ich kenne, – flößt man stets umsoviel mehr Teilnahme ein, als man verdient. – Eitelkeit, pure Eitelkeit, gnädige Frau, ist das Gefühl! Freude an der besiegten Schwierigkeit! Der Vater des verlorenen Sohnes hat den Teufel besiegt und ihm seine Beute abgejagt; mit Zuckerkringeln haben Sie über Diamants üble Naturanlagen triumphiert. Frau von Piennes war stolz, die Verderbtheit einer Kurtisane besiegt, durch ihre Beredsamkeit die Schranken zerstört zu haben, die zwanzigjährige Verführung um eine arme aufgegebene Seele errichtet. Und dann vielleicht noch, – muß man's sagen, – mischte sich in den Stolz über diesen Sieg, dem Vergnügen, eine gute Tat getan zu haben, noch das Gefühl der Neugierde, die manche tugendhafte Dame verspürt, eine Frau aus solch anderer Schicht kennen zu lernen. Wenn eine Sängerin in einen Salon tritt, sah ich oft merkwürdige Blicke auf ihr ruhen. Nicht die Männer sind's, die sie am meisten betrachten. Sahen Sie nicht selber, gnädige Frau, neulich Abend im französischen Theater jene Schauspielerin aus den Variétés, die man Ihnen in einer

Loge zeigte, endlos lange mit dem Operngucker an? Wie kann man zum Perseus werden? Wieviele Male stellt man sich nicht ähnliche Fragen!«

Frau von Piennes, gnädige Frau, dachte also lebhaft an Fräulein Arsène Guillot und sagte sich: Ich werde sie retten.

Sie sandte ihr einen Priester, der sie zur Reue ermahnte. Das Bereuen fiel der armen Arsène nicht schwer, denn außer einigen Stunden starker Freuden, hatte sie nur des Lebens Elend gekannt. Sagt zu einem Unglücklichen: »'s ist Deine eigene Schuld!« so ist er nur allzusehr davon überzeugt; und wenn ihr zur nämlichen Zeit den Vorwurf mildert, indem ihr ihm einigen Trost spendet, so wird er euch segnen, und euch alles für die Zukunft versprechen. Ein Grieche sagt irgendwo, oder vielmehr der berühmte Übersetzer Amyot läßt ihn sagen:

> »Der einem Menschen seine Ketten nimmt, der Tag
> Raubt wahrlich seiner frühren Tugend Hälfte ihm.«

In elender Prosa will dieser Aphorismus besagen, daß das Unglück uns sanft und gelehrig wie Lämmer macht. Der Priester sagte Frau von Piennes, Fräulein Guillot sei zwar sehr unwissend, doch im Grunde nicht schlecht, und er hoffe alles Beste für ihr Heil. Tatsächlich hörte Arsène ihm aufmerksam und ehrfurchtsvoll zu. Sie las oder ließ sich Bücher vorlesen, die man ihr vorgeschrieben hatte, und ebenso prompt gehorchte sie Frau von Piennes wie sie des Doktors Vorschriften befolgte. Was ihr aber vollends des guten Priesters Herz gewann und ihrer Beschützerin als ein entschiedenes Symptom moralischer Heilung erschien, war der Gebrauch, den Arsène Guillot von einem Teile der in ihre Hände gelegten Summe machte. Sie hatte gebeten, daß eine feierliche Messe für Paméla Guillots, ihrer verstorbenen Mutter, Seele gelesen werden solle. Sicherlich hatte nie eine Seele Fürbitten nötiger.

II.

Als Frau von Piennes eines Morgens beim Anzuge beschäftigt war, pochte ein Diener bescheiden an die Türe des Sanktuariums und händigte Fräulein Josephine eine Karte ein, die ein junger Mann eben abgegeben hatte.

»Max ist in Paris!« rief Frau von Piennes, einen Blick auf die Karte werfend; »gehn Sie schnell, mein Kind, und sagen Sie Herrn von Salligny, er möchte mich im Salon erwarten.«

»Einen Moment später hörte man im Salon Gelächter, unterdrückte kleine Juchzer, und Fräulein Josephine kam sehr rot und mit gänzlich auf ein Ohr gerutschtem Häubchen zurück.

»Was gibt's denn, mein Kind?« fragte Frau von Piennes.

»Nichts, gnädige Frau; Herr von Salligny sagte nur, ich sei so dick geworden!«

Tatsächlich konnte Fräulein Josephines Fülle Herrn von Salligny, der seit mehr denn zwei Jahren auf Reisen war, in Erstaunen setzen. Früher war er einer von Fräulein Josephines Lieblingen und einer der Verehrer ihrer Herrin. Als Neffe einer von Frau von Piennes intimen Freundinnen sah man ihn an seiner Tante Seite früher unaufhörlich bei ihr. Übrigens war es fast das einzige vornehme Haus, wo er erschien. Max von Salligny stand im Rufe, ein ziemlicher Taugenichts, ein Spieler, Streithammel, Lebemann, im übrigen aber der beste Junge auf der Welt zu sein. Er bildete die Verzweiflung seiner Tante, der Frau Aubrée, die ihn indessen vergötterte. Manchmal hatte sie versucht, ihn von dem Leben, das er führte, abzubringen, stets aber hatten seine üblen Angewohnheiten über ihre weisen Lehren den Sieg davon getragen. Max war zwei Jahre älter als Frau von Piennes; sie hatten sich seit ihrer Kinderzeit gekannt, und ehe sie verheiratet wurde, schien er sehr mit ihr zu liebäugeln. – »Meine liebe Kleine, »sagte Frau Aubrée, »wenn Sie wollten, würden Sie, das weiß ich gewiß, den Charakter da zähmen.« – Frau von Piennes – sie hieß damals Elise von Guiscard – würde vielleicht den Mut in sich gefunden haben, das Unternehmen zu wagen, denn Max war so lustig, so drollig und in einem Schlosse so unterhaltsam, auf einem Balle so unermüdlich, daß er sicherlich einen guten Ehemann abgeben mußte; Elisas Eltern aber sahen weiter. Frau Aubrée selber stand nicht allzu fest für ihren Neffen ein. Es wurde festgestellt, daß er Schulden und eine Geliebte hatte; hinzu kam ein aufsehenerregendes Duell, dessen wenig unschuldige Ursache eine Schauspielerin vom Gymnase war. Die Heirat, welche Frau Aubrée niemals recht ernstlich in Aussicht genommen hatte, wurde für unmöglich erklärt. Dann stellte sich Herr von Piennes ein, ein ernster und moralischer, überdies reicher Edelmann aus guter Familie. Wenig kann ich Ihnen über, ihn sagen, nur daß er im Rufe eines Ehrenmannes stand, und daß er ihn verdiente. Er sprach wenig, wenn er aber den Mund auftat, geschah es, um irgend eine unbestreitbare, ausgezeichnete Wahrheit zu sagen. Bei zweifelhaften Fragen ahmte er »Contarts kluges Schweigen« nach. Wenn er den Gesellschaften, wo er war, keinen großen Reiz weiter verlieh, so war er doch nirgendwo nicht am Platze. Überall hatte man ihn seiner Frau wegen recht gern; doch wenn er abwesend war – auf seinen Besitzungen, wie es neun Monate des Jahres der Fall war, und namentlich im Augenblicke, wo meine Geschichte anfängt, – merkte es kein Mensch. Seine Frau selber bemerkte es nicht gerade sehr.

Nachdem Frau von Piennes ihren Anzug in fünf Minuten vollendet hatte, ging sie etwas bewegt aus ihrem Zimmer, denn Max von Sallignys Ankunft erinnerte sie an den kürzlichen Todesfall des Wesens, das sie am meisten geliebt hatte. Diesem galt, glaube ich, die einzige Erinnerung, die sich in ihrem Gedächtnisse einstellte, und solche Erinnerung war lebhaft genug, um alle lächerlichen Mutmaßungen hintanzusetzen, die ein weniger vernünftiges Wesen über Fräulein Josephines schiefsitzendes Häubchen hätte anstellen können. Als sie sich dem Salon näherte, war sie etwas verletzt, eine schöne Baßstimme zu hören, die, sich selbst auf dem Piano begleitend, fröhlich folgende neapolitanische Barcarole sang:

> So leb' wohl denn, Theresa,
> Theresa, leb' wohl
> Und komm ich zurück dann
> Soll die Hochzeit gleich sein.

Sie öffnete die Tür und unterbrach den Sänger, indem sie ihm die Hand entgegenstreckte:

»Mein armer Herr Max, wie freue ich mich, Sie wiederzusehn!«

Max sprang schnell auf und drückte ihr die Hand, sie bestürzt anschauend, ohne ein Wort finden zu können.

»Recht bedauert habe ich's,« fuhr Frau von Piennes fort, »nicht nach Rom haben reisen zu können, als Ihre gute Tante krank wurde. Ich weiß, wie Sie sie umsorgt haben, und danke Ihnen herzlich für die letzte Erinnerung, die Sie mir geschickt!«

Max' von Natur aus heiteres, um nicht zu sagen, strahlendes Gesicht nahm plötzlich einen traurigen Ausdruck an.

»Sie hat mir viel von Ihnen erzählt,« sagte er, »und bis zum letzten Augenblicke ... Sie haben ihren Ring, wie ich sehe, bekommen, und das Buch, das sie noch am Morgen ...«

»Ja, Max, ich danke Ihnen dafür. Als Sie mir dies traurige Geschenk sandten, teilten Sie mir mit, daß Sie Rom verließen, gaben mir aber Ihre Adresse nicht an; ich wußte nicht, wohin ich Ihnen schreiben sollte. Arme Freundin! So fern von der Heimat zu sterben! Glücklicherweise sind Sie sofort hingeeilt ... Sie sind besser, als Sie scheinen wollen, Max ... ich kenne Sie genau.«

»Meine Tante sagte mir während ihres Krankseins: »Wenn ich nicht mehr auf der Welt bin, ist nur noch Frau von Piennes da, um Dich auszuschelten ... (Und er konnte ein Lächeln nicht unterdrücken.) Sieh zu, daß sie es nicht allzu oft nötig hat.« wie Sie sehn, gnädige Frau, kommen Sie Ihren Pflichten sehr schlecht nach.«

»Hoffentlich werd' ich jetzt eine Sinekure haben. Man sagt mir, Sie hätten sich gebessert, wären ordentlich geworden und vollständig vernünftig?«

»Und Sie täuschen sich nicht, gnädige Frau; ich habe meiner armen Tante versprochen, ein braver Junge zu werden, und ...«

»Und Sie werden Wort halten, des bin ich sicher.«

»Wills versuchen. Auf Reisen ist das leichter als in Paris; indessen ... Aber, gnädige Frau, ich bin erst seit einigen Stunden hier, und schon hab' ich Versuchungen widerstanden. Als ich zu Ihnen kam, bin ich einem meiner alten Freunde begegnet, der mich eingeladen hat, mit einer Schar Taugenichtse bei ihm zu essen, und – ich hab's abgelehnt.«

»Da haben Sie recht getan.«

»Ja, doch muß ich's gestehen? Weil ich hoffte, daß Sie mich einladen würden.«

»Welch Unglück! Ich speise auswärts. Morgen aber ...«

»In dem Falle steh' ich nicht für mich ein. Für das Diner, das ich mitmachen werde, sind Sie verantwortlich.«

»Hören Sie, Max: das Wichtigste ist, einen guten Anfang zu machen. Gehen Sie nicht zu solchen Junggesellendiners. Ich speise bei Frau Darsenay; kommen Sie abends dorthin und wir wollen plaudern.«

»Ja, aber Frau Darsenay ist ein bischen zu langweilig; sie würde hundert Fragen an mich richten. Nicht ein Wort könnt' ich Ihnen widmen; ich werde Ungeschicklichkeiten vorbringen; und dann hat sie eine Tochter, ein langes Knochengerüst, die ist vielleicht noch nicht verheiratet ...«

»Ein reizendes Wesen ... Und was Unschicklichkeiten anlangt, so ist das eine, was Sie da über sie sprechen.«

»Wahrlich, ich habe Unrecht; doch ... heute angekommen, würde es nicht arg aufdringlich aussehn? ...«

»Nun, tun Sie, was Sie wollen; aber sehn Sie, Max, – als Ihrer Tante Freundin, habe ich das Recht, freiweg zu sprechen – gehn Sie Ihren früheren Bekanntschaften aus dem Wege. Ganz natürlich hat die Zeit alle Verbindungen abbrechen müssen, die nichts für Sie taugten, knüpfen Sie sie nicht wieder an. Solange Sie nicht ins Schlepptau genommen werden, bin ich Ihrer sicher ... In Ihrem Alter,... unserem Alter muß man vernünftig sein. Lassen wir jedoch Ratschläge und Predigten und erzählen Sie mir lieber, was Sie getan haben, seit wir uns nicht mehr, gesehn. Sie sind in Deutschland, dann in Italien gewesen, das ist alles, was ich weiß. Zweimal haben Sie mir geschrieben, mehr nicht, wenn Sie sich entsinnen können. Zwei Briefe in zwei Jahren, Sie begreifen, daß ich da nicht gerade viel von Ihnen weiß.«

»Mein Gott! gnädige Frau, ich fühle mich recht schuldig ... aber ich bin so ... ich muß es schon sagen ... faul! ... Zwanzig Briefe an Sie hab' ich angefangen; doch was konnte ich Ihnen sagen, das Sie interessierte? ... Ich kann keine Briefe schreiben, ich ... Wenn ich jedesmal, wo ich an Sie gedacht habe, geschrieben hätte, würde alles Papier Italiens nicht gelangt haben.«

»Nun, was haben Sie getan? Wie haben Sie Ihre Zeit ausgefüllt? Daß Sie sie nicht verschrieben haben, weiß ich bereits.«

»Ausgefüllt! ... Sie wissen ja schon, daß ich leider keine Zeit nutzbringend ausfüllen kann. – Ich hab' die Augen aufgemacht, bin herumgelaufen. Ich hatte Malabsichten, doch der Anblick so vieler schöner Gemälde hat mich gänzlich von meiner unglücklichen Leidenschaft befreit. – Ach! ... und dann hat der alte Nibby fast einen Archäologen aus mir gemacht. Ja, auf seine Überredung hin, hab' ich eine Ausgrabung vornehmen lassen. Ein zerbrochenes Faß und ich weiß nicht wieviele alte Scherben hat man gefunden ... Und dann habe ich in Neapel Gesangsstunden genommen, bin aber nicht viel voran gekommen ... ich hab' ...«

»Ich liebte die Musik nicht allzu sehr, obwohl Sie eine schöne Stimme besitzen und gut sangen. Das bringt Sie in Beziehung zu Leuten, denen Sie an sich schon genug nachlaufen.«

»Ich verstehe; doch in Neapel, als ich dort war, war das nicht allzu gefährlich ... Die Primadonna wog hundertfünfzig Kilo, und die zweite Sängerin hatte einen Mund wie ein Scheunentor und eine furchtbare Nase. Kurz, zwei Jahre sind verstrichen, und ich weiß nicht wie. Ich hab' nichts getan, nichts gelernt, habe aber zwei Jahre gelebt, ohne etwas davon zu merken.«

»Ich möchte Sie beschäftigt wissen, möchte an Ihnen eine lebhafte Neigung für irgend was Nützliches sehn. Die Muße fürchte ich für Sie.«

»Um es Ihnen frei heraus zu sagen, gnädige Frau, die Reisen sind in soweit für mich von Erfolg gewesen, als ich, wenn ich auch nichts tat, doch nicht mehr völlig müssig gewesen bin. Wenn man schöne Sachen sieht, langweilt man sich nicht; und ich bin, sobald ich mich langweile, immer drauf und dran, Dummheiten zu machen. Wirklich, ich bin ziemlich vernünftig geworden, und hab' sogar eine gewisse Zahl meiner Manieren, schnell Geld los zu werden, vergessen. Meine arme Tante hat meine Schulden bezahlt, und ich habe keine mehr; hab' einst genug gemacht, und will nun keine mehr.

Kann als Junggeselle leben; und, da ich keinen Anspruch mehr darauf mache, reicher zu erscheinen, als ich bin, werd' ich keine Sprünge mehr machen. Sie lächeln? Hören Sie einen guten Anfang. Heute wollte mir Famin, der Freund, der mich zum Essen eingeladen hat, sein Pferd verkaufen. Fünftausend Franken ... 's ist ein prachtvolles Tier! Im ersten Moment wollte ich das Pferd haben; dann hab ich mir gesagt, daß ich nicht reich genug sei, um fünftausend Franken für eine Laune anzulegen; so werd' ich Fußgänger bleiben.«

»Das ist erstaunlich, Max; doch wissen Sie, was man tun muß, um ohne Unfall auf diesem guten Wege weiterzugehn? Sie müssen sich verheiraten.«

»Ach, mich verheiraten! ... Warum nicht? ... Wer aber wird mich wollen? Ich, der ich kein Recht habe, große Ansprüche zu machen, ich wollte eine Frau! ... Oh, nein! Es gibt keine mehr, die mir paßt ...«

Frau von Piennes errötete ein wenig, und er fuhr fort, ohne es zu merken:

»Eine Frau, die mich wollte ... Aber wissen Sie, gnädige Frau, daß das fast ein Grund sein würde, das ich sie nicht wollte?«

»Warum das? Welch eine Narrheit!«

»Sagt Othello nicht irgendwo – 's ist, glaube ich, um den Verdacht, den er auf Desdemona hat, vor sich selber zu rechtfertigen –: Dies Weib muß einen krausen Kopf und einen verderbten Geschmack haben, weil sie mich, der ich schwarz bin, gewählt hat!« – Kann ich nicht meinerseits sagen: Eine Frau, die mich will, muß einen merkwürdigen Geschmack haben?«

»Sie sind ein ziemlicher Taugenichts gewesen, Max, und man braucht Sie nicht noch schlechter zu machen, als Sie es sind. Hüten Sie sich, so von sich selber zu reden, denn es gibt Leute, die Ihnen aufs Wort glauben würden. Ich, ich bin sicher, wenn eines Tages ... ja, wenn Sie eine Frau sehr liebten, die Ihre volle Schätzung besäße, dann würden Sie ihr ...«

Frau von Piennes ward' es schwer, ihre Phrase zu beendigen, und Max, der sie äußerst neugierig fest anschaute, half ihr in keiner Weise, ihre schlecht angelegte Periode zu Ende zu bringen.

»Sie wollen sagen,« fuhr er endlich fort, »wenn ich wirklich verliebt wäre, würde man mich lieben, weil es sich dann der Mühe lohne?«

»Ja, dann würden Sie es wert sein, auch geliebt zu werden.«

»Wenn man nur lieben müßte, um geliebt zu werden ... Nicht allzu wahr ist, was Sie da sagen, gnädige Frau ... Bah! finden Sie mir eine mutige Frau, und ich verheirate mich, wenn sie nicht allzu häßlich ist, bin ich noch nicht alt genug, um mich nicht zu entflammen ... Sie stehn mir für das Übrige ein.«

»Woher kommen Sie jetzt?« unterbrach Frau von Piennes mit ernster Miene.

Max sprach sehr lakonisch über seine Reisen, aber doch in einer Weise, die bewies, daß er nicht wie jene Touristen gehandelt hatte, von welchen die Griechen sagen: »Koffer ist abgereist, Koffer ist zurückgekehrt!« Seine kurzen Bemerkungen zeigten einen gesunden Menschenverstand, der Meinungen nicht fertig hinnahm, da er in Wirklichkeit viel kultivierter war, als er scheinen wollte. Er zog sich bald zurück, da er bemerkte, daß Frau von Piennes den Kopf nach der Standuhr wandte, und versprach, nicht ohne einige Verwirrung, daß er abends zu Frau Darsenay kommen würde.

Indessen kam er nicht dorthin und Frau von Piennes war etwas ärgerlich darüber. Dafür war er am folgenden Morgen bei ihr, um sie um Verzeihung zu bitten, indem er sich mit Reisemüdigkeit entschuldigte, die ihn gezwungen habe, zu Hause zu bleiben; doch schlug er die Augen nieder und sprach in einem so unsicheren Tone, daß es nicht Frau von Piennes Geschicklichkeit im Gesichterlesen bedurft hätte, um zu merken, daß er leere Ausflüchte machte.

Als er mühsam zu Ende gekommen war, drohte sie ihm, ohne zu antworten, mit dem Finger.

»Sie glauben mir nicht?« sagte er.

»Nein. Glücklicherweise verstehen Sie noch nicht zu lügen. Nicht, um sich von Ihren Ermüdungen auszuruhn, sind Sie gestern Abend nicht zu Frau Darsenay gekommen, sondern sind nicht zu Hause geblieben.«

»Nun,« antwortete Max mit einem erzwungenen Lächeln, »Sie haben Recht. Ich hab mit den Nichtsnutzen im Rocher-de-Cancale gegessen, dann bin ich zum Tee bei Famin gewesen, man hat mich nicht weglassen wollen, und dann hab' ich gespielt.«

»Und haben verloren, das versteht sich von selber?«

»Nein, ich hab' gewonnen.

»Um so schlimmer. Lieber möcht' ich, Sie hätten verloren, besonders, wenn Sie das für immer von einer ebenso dummen wie abscheulichen Angewohnheit abbringen könnte.«

Sie beugte sich auf ihre Handarbeit und hub an, mit einem etwas gemachten Fleiße zu arbeiten.

»Waren viel Leute bei Frau Darsenay?« fragte Max schüchtern.

»Nein, wenig.«

»Keine jungen Mädchen, die man heiraten kann?«

»Nein.«

»Und doch rechne ich auf Sie, gnädige Frau. Sie wissen, was Sie mir versprochen haben?«

»Daran zu denken, werden wir noch Zeit finden.«

Frau von Piennes Ton hatte etwas Trockenes und Gezwungenes, das ihm sonst nicht eigen war.

Nach einem Schweigen fuhr Max mit bescheidener Miene fort:

»Sie sind unzufrieden mit mir, gnädige Frau? Warum schelten Sie mich nicht tüchtig aus, wie es meine Tante tat, um mir hernach zu verzeihen? Nun, wollen Sie, daß ich Ihnen mein Wort gebe, nie mehr zu spielen?«

»Wenn man ein Versprechen gibt, muß man die Kraft haben, es zu halten.«

»Ein Ihnen gegebenes Versprechen, gnädige Frau, würd' ich halten; dazu fühle ich Kraft und Mut in mir.«

»Gut, Max, ich nehme an,« sagte sie, ihm die Hand hinstreckend.

»Elfhundert Franken hab' ich gewonnen,« fuhr er fort; »wollen Sie sie für Ihre Armen? Schlecht erworbenes Geld könnte nimmer besser angewandt werden.«

Sie zauderte einen Augenblick.

»Warum nicht?« sagte sie ganz laut zu sich selbst. »Nun, Max, Sie werden sich des Verweises erinnern. Auf meinem Konto werd' ich Sie für elfhundert Franken einschreiben.«

»Meine Tante sagte, das beste Mittel, keine Schulden zu haben, sei, immer bar zu zahlen.«

Und also redend zog er seine Brieftasche, um die Scheine herauszunehmen. In der geöffneten Brieftasche glaubte Frau von Piennes ein Damenbild zu sehn. Max merkte, daß sie hinschaute, errötete und beeilte sich, die Brieftasche zuzumachen und die Scheint zu überreichen.

»Ich würde die Brieftasche gern sehn, ... wenn's möglich wäre,« fügte sie boshaft lächelnd hinzu.

Max war vollständig aus der Fassung gebracht: er stotterte einige unverständliche Worte und bemühte sich Frau von Piennes Aufmerksamkeit abzulenken.

Deren erster Gedanke war gewesen, in der Brieftasche sei das Bild irgend einer schönen Italienerin; Max' augenscheinliche Verwirrung aber und die Hauptfarbe der Miniatur – das war alles, was sie hatte sehen können, – hatten bald einen andern Argwohn in ihr wachgerufen. Früher einmal hatte sie Frau Aubrée ihr Porträt geschenkt; und sie bildete sich ein, in seiner Eigenschaft als direkter Erbe habe Max sich im Rechte geglaubt, es sich anzueignen. Das erschien ihr als unglaublich unschicklich. Indessen ließ sie sich anfangs nichts davon merken, doch als Herr von Salligny sich zurückziehen wollte, sagte sie zu ihm: »Ihre Tante hatte übrigens ein Bild von mir, das ich gern wiederhaben möchte.«

»Ich weiß nicht ... was für ein Bild? ... wie sah's aus?...« fragte Max mit unsicherer Miene.

Dieses Mal war Frau von Piennes entschlossen, sich nicht merken zu lassen, daß er lüge.

»Suchen Sie es,« sagte sie, so natürlich sie konnte, zu ihm. »Sie würden mir eine Freude machen.«

War es nicht das Porträt, so war sie mit Max' Fügsamkeit ziemlich zufrieden, und versprach sich, noch ein verirrtes Schaf zu retten.

Am folgenden Morgen hatte Max das Porträt gefunden und überbrachte es mit ziemlich gleichgültiger Miene. Er hatte bemerkt, daß die Ähnlichkeit nimmer groß gewesen war, und daß der Maler ihr eine steife Pose und einen strengen Gesichtsausdruck gegeben hatte, die unnatürlich waren. Von dem Augenblicke an wurden seine Besuche bei Frau von Piennes minder lang und er zeigte bei ihr eine verdrossene Miene, die sie nimmer an ihm gesehen hatte. Diese Laune schrieb sie der anfänglichen Anstrengung zu, die er sich auferlegen mußte, um seine Versprechungen zu halten und seinen üblen Neigungen zu widerstehen.

Vierzehn Tage nach Herrn von Sallignys Ankunft ging Frau von Piennes ihrer Gewohnheit gemäß zu ihrem Schützling Arsène Guillot, die sie unterdessen nicht vergessen hatte, was ich auch von Ihnen, gnädige Frau, hoffe. Nachdem sie einige Fragen über ihre Gesundheit und die Unterweisungen gestellt, die sie empfing, merkte sie, daß die Kranke noch viel anfälliger war als an den vorhergehenden Tagen und bot ihr an, ihr vorzulesen, damit sie sich nicht durch Sprechen ermüde. Das arme Mädchen hätte ganz gewiß lieber geplaudert, als einer derartigen Lektüre zu folgen, wie man sie ihr vorschlug, denn Sie können sich wohl denken, daß es sich um ein sehr ernstes Buch handelte, und Arsène hatte nur Hintertreppenromane gelesen. Es war ein frommes Buch, nach welchem Frau von Piennes griff; doch will ich es Ihnen nicht nennen, erstens, um seinem Verfasser kein Unrecht zu tun, zweitens, weil Sie mich vielleicht anklagen könnten, irgend einen boshaften Schluß gegen derartige Bücher im allgemeinen ziehen zu wollen. Es genüge, daß das fragliche Buch von einem neunzehnjährigen Jüngling stammte und besonders für die Aussöhnung verhärteter Sünderinnen geeignet war. Arsène hatte es sehr bedrückt und sie hatte deswegen in der vorhergehenden Nacht kein Auge schließen können. Auf der dritten Seite geschah, was bei jedem anderen Buche, ernsten oder nicht ernsten Inhaltes, geschehen wäre; es traf ein, was unvermeidlich war; ich will sagen, Fräulein Guillot schloß die Augen und schlief ein. Frau von Piennes merkte es, und beglückwünschte sich zu der beruhigenden Wirkung, die sie hervorgerufen hatte. Anfangs senkte sie die Stimme, um die Kranke nicht aufzuwecken, wenn sie plötzlich aufhörte, dann legte sie das Buch fort und stand leise auf, um auf den Zehenspitzen hinauszugehn. Da die Wärterin aber gewöhnlich zur Hausmeisterin hinunterging, wenn Frau von Piennes kam, denn ihre Besuche glichen ein bischen Beichtigerbesuchen, wollte sie die Rückkehr der Wärterin abwarten. Und da sie die größte Feindin der Welt von der Muße war, suchte sie sich etwas zu tun für die Minuten, die sie bei der Schläferin wachte. In einem kleinen Kabinett hinter dem Alkoven gab es ein Tischchen mit Tinte und Papier; sie nahm dort Platz und fing an, einen Brief zu schreiben, während sie ein Mundlack in einer Tischschublade suchte, trat jemand, der die Kranke aufweckte, ungestüm ins Zimmer.

»Mein Gott! Was sehe ich?« rief Arsène mit einer so aufgeregten Stimme, daß Frau von Piennes ein Beben ankam.

»Nun, ich höre ja schöne Dinge! Was soll das heißen? Wie eine Närrin aus dem Fenster zu springen! Hat man je solch einen Mädchenschädel gesehen!«

Ich weiß nicht, ob ich die Worte genau berichte, wenigstens war das der Sinn dessen, was die eben eingetretene Person sagte, die Frau von Piennes an ihrer Stimme sofort als Max von Salligny erkannte. Es folgten einige Ausrufe, einige erstickte Schreie Arsènes, dann eine ziemlich laute Umarmung. Endlich fuhr Max fort:

»Arme Arsène, in welch einem Zustand find' ich Dich wieder? Weißt Du, daß ich Dich nimmer ausfindig gemacht haben würde, wenn Julie mir nicht Deine letzte Adresse gegeben hätte? Aber hat man je eine ähnliche Narrheit gesehn!«

»Ach, Salligny! Salligny! wie glücklich bin ich! Wie ich nun bereue, was ich getan habe! Du wirst mich nun nicht mehr hübsch finden. Doch zürnst Du mir nicht mehr?«

»Wie einfältig Du bist,« sagte Max, »warum schreibst Du mir nicht, daß Du kein Geld hast? Warum holtest keins vom Major? Was ist denn aus Deinem Russen geworden? Ist er abgereist, Dein Kosak?«

Als Frau von Piennes Max' Stimme erkannte, war sie anfangs fast ebenso erstaunt wie Arsène. Die Überraschung hinderte sie, sich sofort zu zeigen; dann hatte sie zu überlegen begonnen, ob sie erscheinen sollte oder nicht; und wenn man horchend erwägt, entscheidet man nicht so schnell. Daraus ergab sich, daß sie den eben von mir berichteten erbaulichen Dialog hörte. Dann aber begriff sie, daß, wenn sie im Kabinett bliebe, sie sich in die Gefahr begäbe, noch mehr zu erlauschen. Sie faßte ihren Entschluß und trat ins Zimmer in jener ruhigen und stolzen Haltung, die tugendhafte Wesen nur selten verlieren, und der sie nach Bedürfnis gebieten.

»Max,« sagte sie, »Sie schaden dem armen Mädchen; entfernen Sie sich. In einer Stunde werden Sie mich bei mir sprechen.«

Totenbleich war Max geworden, als er Frau von Piennes an einem Orte erscheinen sah, wo er ihr niemals zu begegnen gedacht hätte; in der ersten Erregung wollte er gehorchen, und er machte einen Schritt nach der Tür hin.

»Du gehst?!... geh nicht fort!« schrie Arsène, sich mit verzweifelter Anstrengung in ihrem Bette erhebend.

»Mein Kind,« sagte Frau von Piennes, sie bei der Hand fassend, »seien Sie vernünftig. Hören Sie auf mich. Erinnern Sie sich dessen, was Sie mir versprochen haben!«

Dann warf sie einen ruhigen, aber gebieterischen Blick auf Max, der sofort hinausging. Arsène sank auf das Bett zurück. Als sie ihn hinausgehen sah, ward sie ohnmächtig.

Frau von Piennes und die Wärterin, die etwas später zurückkam, halfen ihr mit der Geschicklichkeit, die Frauen bei derartigen Fällen an den Tag legen. Nach und nach kam Arsène wieder zu Bewußtsein. Zuerst wanderten ihre Blicke durchs ganze Zimmer, wie um den dort zu suchen, den eben dort gesehen zu haben sie sich erinnerte; dann richtete sie ihre großen Augen auf Frau von Piennes, und sie fest anschauend, fragte sie:

»Ist es Ihr Gatte?«

»Nein,« antwortete Frau von Piennes leicht errötend, ohne daß jedoch die Sanftheit ihrer Stimme dadurch beeinträchtigt wurde; »Herr von Salligny ist mein Verwandter.«

Diese kleine Lüge glaubte sie sich gestatten zu dürfen, um die Macht zu erklären, die sie über ihn hatte.

»Dann liebt er Sie!« sagte Arsène.

Und heftete immer ihre Augen auf sie, die wie zwei Fackeln glühten.

Er! ... Ein Blitz glänzte auf Frau von Piennes Stirne. Einen Moment färbten sich ihre Wangen mit einem lebhaften Inkarnat, und ihre Stimme erstarb auf den Lippen, bald aber hatte sie ihre Heiterkeit wieder.

»Sie vergessen sich, mein liebes Kind,« sagte sie ernsten Tones. »Herr von Salligny hat begriffen, daß er Unrecht tat, Erinnerungen in Ihnen wachzurufen, die ihren Gedanken glücklicherweise fernliegen. Sie haben vergessen ...«

»Vergessen!« schrie Arsène mit dem Lächeln des Verdammten, das zu sehen wehtat.

»Ja, Arsène, Sie haben auf alle törichten Gedanken einer Zeit verzichtet, die nicht wiederkehren wird. Denken Sie daran, mein armes Kind, daß Sie diesem sträflichen Verhältnisse all Ihr Unglück verdanken. Denken Sie daran...«

»Er liebt Sie nicht!« unterbrach Arsène, ohne ihr zuzuhören, »er liebt Sie nicht und versteht einen einzigen Blick! Ich hab' Ihre und seine Augen gesehn. Ich täusche mich nicht... Im übrigen.. es ist ja recht! Sie sind jung, schön, strahlend ... ich verkrüppelt, entstellt ... zum Sterben fertig ...«

Sie konnte nicht vollenden: Seufzer erstickten ihre Stimme, die so stark und so schmerzlich waren, daß die Wärterin rief, sie wolle den Arzt holen; denn, wie sie sagte, »der Doktor fürchtet nichts mehr als solche Krämpfe, und wenn die anhalten, geht die Kleine drauf.«

Allmählich machte die Art Energie, die Arsène in der Lebhaftigkeit selbst ihres Schmerzes gefunden hatte, einer dumpfen Abgeschlagenheit Platz, die Frau von Piennes für Ruhe hielt. Sie fuhr mit ihren Ermahnungen fort, die unbewegliche Arsène aber hörte all die schönen und guten Gründe nicht, die man anführte, um der göttlichen Liebe vor der irdischen den Vorzug zu geben. Ihre Augen waren trocken, ihre Zähne krampfhaft auf einander gepreßt. Während ihre Beschützerin vom Himmel und der Zukunft sprach, dachte, träumte sie von der Gegenwart. Max' plötzliche Ankunft hatte in einem Augenblicke wieder närrische Illusionen in ihr erweckt, Frau von Piennes Blick aber hatte sie noch schneller zerstreut.

Nach einem glücklichen Traume von einer Minute fand Arsène nur noch die traurige Wirklichkeit, die, weil sie sie einen Augenblick vergessen hatte, hundertmal schrecklicher geworden war.

Ihr Arzt wird Ihnen sagen, gnädige Frau, daß Schiffbrüchige, die inmitten der Hungerqualen vom Schlafe überfallen werden, träumen, daß sie bei Tische sitzen und Wohlleben halten. Noch viel hungriger wachen sie auf, und wünschten nie geschlafen zu haben. Arsène litt eine Qual, die jener der Schiffbrüchigen verglichen werden kann. Früher hatte sie Max geliebt, wie sie eben zu lieben verstand. Mit ihm hatte sie immer ins Theater gehn wollen, mit ihm amüsierte sie sich auf einer Landpartie, von ihm schwatzte sie unaufhörlich bei ihren Freundinnen. Als Max abreiste, hatte sie viel geweint, jedoch bald darauf die Huldigungen eines Russen angenommen, den als seinen Nachfolger zu sehn, Max entzückt war, weil er ihn für einen Ehrenmann, das heißt für einen freigebigen Mann hielt. Solange sie das tolle Leben der Frauen ihrer Art leben konnte, war ihre Liebe zu Max nur eine angenehme Erinnerung, die sie manchmal zum Seufzen brachte. Sie dachte daran, wie man an die Vergnügungen seiner Kindheit denkt, die niemand indessen wieder aufnehmen möchte. Als Arsène aber keine Liebhaber mehr hatte, sich verlassen sah, nur noch die Last des Unglücks und der Schande fühlte, da verklärte sich ihre Liebe zu Max in gewisser Weise, weil sie die einzige Erinnerung war, die weder Bedauern noch Gewissensbisse in ihr wachrief. Sie erhöhte sie sogar in ihren eigenen Augen, und je mehr sie sich erniedrigt fühlte, desto mehr vergrößerte sie Max in ihrer Einbildung. »Ich bin seine Geliebte gewesen,« sagte sie sich, »er hat mich geliebt,« mit einer Art Stolz, wenn sie in Gedanken an ihr Kurtisanenleben der Ekel überkam. In den Sümpfen von Minturnes kräftigte Marius seinen Mut wieder, indem er sagte: Ich habe die Zimbern besiegt! Das ausgehaltene Mädchen – ach, sie war keins mehr – hatte, um der Schande und Verzweiflung widerstehn zu können, nur die Erinnerung: Max hat mich geliebt ... Er liebt mich noch! Einen Augenblick hatte sie es denken können; nun aber kam man und entriß ihr das einzige Gut, das ihr auf Erden blieb bis auf die Erinnerungen.

Während Arsène sich solch traurigen Gedanken überließ, bewies Frau von Piennes ihr mit Eifer die Notwendigkeit, für immer auf das verzichten zu müssen, was sie ihre sträflichen Verirrungen nannte. Eine feste Überzeugung macht fast gefühllos; und wie ein Arzt, ohne die Schreie des Patienten zu hören, Eisen und Feuer auf eine Wunde legt, so verfolgte Frau von Piennes mit erbarmungsloser Festigkeit ihre Aufgabe. Sie sagte, daß diese Zeit des Glücks, in welche die arme Arsen, wie um sich selber zu entgehn, sich flüchtete, eine Zeit des Verbrechens und der Schande wäre, die sie grade heute büße. Solche Illusionen müsse sie verabscheuen und aus ihrem Herzen verbannen; der Mann, zu dem sie wie zu ihrem Beschützer und fast wie zu einem Schutzgeiste aufsah, sollte in ihren Augen nichts weiter wie ein verderblicher Mitschuldiger, ein Verführer sein, den sie für immer fliehen müßte.

Das Wort Verführer, dessen Lächerlichkeit Frau von Piennes nicht fühlen konnte, ließ Arsène inmitten ihrer Tränen fast lächeln; doch ihre würdige Beschützerin merkte es nicht. Unerschütterlich fuhr sie mit ihrer Ermahnung fort, und beendigte sie mit einem Schlußsatze, der des armen Mädchens Seufzer verdoppelte, nämlich: Sie werden ihn nicht mehr sehn.«

Der eintreffende Arzt und das gänzliche Darniederliegen der Kranken erinnerten Frau von Piennes daran, daß sie hier genug getan hatte. Sie drückte Arsène die Hand im Fortgehn und sagte zu ihr:

»Mut, meine Tochter, und Gott wird Sie nicht verlassen.«

Eben hatte sie eine Pflicht erfüllt, und eine zweite, viel schwerere, blieb ihr noch. Ein anderer Schuldiger war übrig, dessen Seele sie der Reue auftun mußte; und trotz des Vertrauens, das sie aus ihrem frommen Eifer schöpfte, trotz der Herrschaft, die sie über Max ausübte und wovon sie bereits Beweise hatte, kurz, trotz ihrer guten Meinung, die sie hinsichtlich dieses ausschweifenden Menschen im Grunde des Herzens hegte, empfand sie eine seltsame Angst, wenn sie an den Kampf dachte, den sie auf sich genommen. Bevor sie solch schrecklichen Kampf begann, wollte sie Kräfte sammeln. Sie trat in eine Kirche ein und bat Gott um neue Eingebungen, um seine Sache zu verteidigen.

Als sie nach Hause kam, sagte man ihr, Herr von Salligny sei im Salon und erwarte sie seit langem. Sie fand ihn blaß, erregt und voller Unruhe. Sie setzten sich. Max wagte den Mund nicht aufzutun; und Frau von Piennes, die selber bewegt war, ohne den Grund davon tatsächlich zu wissen, verharrte einige Zeit, ohne zu sprechen, und ihn nur verstohlen anschauend.

»Max,« sagte sie, »ich will Ihnen keine Vorwürfe machen.«

Er hob den Kopf ziemlich kühn. Ihre Blicke begegneten sich und er schlug die Augen sofort nieder.

»Ihr gutes Herz,« fuhr sie fort, sagt Ihnen in diesem Augenblick mehr, als ich es tun könnte. Die Vorsehung hat Ihnen eine Lehre erteilen wollen, und ich hege die Hoffnung, die Überzeugung ... sie wird es nicht umsonst getan haben.«

»Gnädige Frau,« unterbrach Max, »ich weiß kaum, was vorgegangen ist. Das unglückliche Mädchen hat sich aus dem Fenster gestürzt, das hat man mir gesagt, aber ich habe nicht die Eitelkeit ... ich will sagen den Schmerz ... zu glauben, daß die Beziehungen, in denen wir früher zu einander gestanden haben, diese törichte Handlung haben veranlassen können.«

»Sagen Sie lieber, Max, daß sie, als sie schlecht handelten, die Konsequenzen nicht vorhergesehen haben. Als Sie dies junge Mädchen der Ausschweifung überlieferten, dachten sie nicht daran, daß sie sich eines Tages an sich vergreifen würde.« »Gnädige Frau,« rief Max heftig, »erlauben Sie mir zu sagen, daß Arsène Guillot durchaus nicht von mir verführt wurde. Als ich sie kennen lernte, war sie bereits verführt. Sie ist meine Geliebte gewesen, ich leugne 's nicht. Ich will sogar gestehen, ich habe sie geliebt ... wie man ein Wesen ihrer Art lieben kann. Mir gegenüber hat sie, glaub ich, etwas mehr Anhänglichkeit gehabt als gegen die anderen. Seit langem aber hatten alle Beziehungen zwischen uns aufgehört, und ohne daß sie viel Bedauern gezeigt hat. Als ich das letzte Mal Nachrichten von ihr erhielt, habe ich ihr Geld zukommen lassen; doch sie wirtschaftete schlecht ... Sie hat sich geschämt, mich nochmals um etwas zu bitten, denn sie besitzt ihren Stolz ... Das Unglück hat sie in jenen schrecklichen Entschluß hineingehetzt ... Untröstlich bin ich darüber ... Doch ich wiederhole Ihnen, gnädige Frau, bei alledem habe ich mir keinen Vorwurf zu machen.«

Frau von Piennes zerknitterte eine Handarbeit auf dem Tische, dann erwiderte sie:

»Nach den Ansichten der ›Gesellschaft‹ sind Sie zweifelsohne nicht schuldig, Sie haben keine Verantwortung auf sich geladen; aber es gibt eine andere Moral wie die der Gesellschaft, und nach deren Regeln möcht' ich Sie gern leben sehn ... Jetzt sind Sie vielleicht nicht fähig, mich zu verstehn. Lassen wir das. Um was ich Sie heute bitten möchte, ist ein Versprechen, das Sie mir nicht verweigern werden, des bin ich gewiß. Das unglückliche Mädchen hat sich der Reue ergeben. Voller Ehrfurcht hat sie die Ratschläge eines ehrwürdigen Geistlichen angehört, der sie gern hat besuchen wollen, wir haben allen Grund, das Beste für sie zu hoffen. – Sie, Sie dürfen sie nicht wieder sehn, denn ihr Herz schwankt noch zwischen Gut und Böse, und leider haben Sie weder den Wunsch, noch die Macht, ihr nützlich zu sein. Wenn Sie sie sähen, könnten Sie ihr viel Übel antun ... Darum bitte ich Sie um Ihr Wort, nicht mehr zu ihr zu gehn.«

Max machte eine überraschte Bewegung.

»Lieber Gott! gnädige Frau, was verlangen Sie von mir? Was für ein Übel sollte ich, meinen Sie, dem armen Mädchen antun? Ist es im Gegenteil nicht eine Verpflichtung für mich, der ... ich sie in ihren leichtfertigen Zeiten gesehn habe, Sie jetzt nicht aufzugeben, wo sie krank ist, und recht gefährlich krank, wenn man mir die Wahrheit gesagt hat?«

»Zweifelsohne ist das die Moral der Welt, aber es ist nicht meine. Je ernster die Krankheit ist, desto wichtiger ist es, daß Sie sie nicht mehr sehen.«

»Aber wollen Sie bedenken, gnädige Frau, daß in dem Zustande, in welchem sie sich befindet, selbst die törichtste Prüderie unmöglich beunruhigt werden kann ... Sehen Sie, gnädige Frau, wenn ich einen kranken Hund hätte, und wenn ich wüßte, daß ihm mein Anblick etwas Freude machte, würde ich eine schlechte Handlung zu tun glauben, wenn ich ihn allein verrecken ließe. Ich kann nicht annehmen, daß Sie, die Sie so gut und so barmherzig sind, anders denken. Erwägen Sie das. Wirklich grausam würde ich sein.«

»Eben bat ich Sie, mir dies Versprechen im Namen Ihrer guten Tante zu machen ... im Namen, der Freundschaft, die Sie für mich hegen ... jetzt verlange ich es im Namen dieses unglücklichen Mädchens selber von Ihnen: wenn Sie sie wirklich lieben ...«

»Ach! gnädige Frau, ich flehe Sie an, halten Sie doch nicht Dinge gegeneinander, die sich nicht vergleichen lassen. Glauben Sie mir bitte, es schmerzt mich unendlich, Ihnen, in was es auch sei, Widerstand zu leisten; aber wahrlich, dort, glaube ich, ist meine Ehre verpflichtet ... Das Wort mißfällt Ihnen? Vergessen Sie's. Nur, gnädige Frau, lassen Sie mich Sie meinerseits beschwören aus Mitleid mit dieser Unglücklichen ... und auch ein bischen aus Mitleid mit mir ... wenn ich Unrecht getan habe ... wenn ich mit dazu beigetragen habe, sie in der Ausschweifung verharren zu lassen ... so muß ich jetzt Sorge für sie tragen. Abscheulich wär' es, sie aufzugeben. Nie würd' ich mir das verzeihen. Nein, ich kann' sie nicht preisgeben. Sie werden das nicht verlangen, gnädige Frau.«

»Anderer Fürsorge wird ihr nicht ermangeln. Doch antworten Sie mir, Max: lieben Sie sie?«

»Ich liebe sie ... ich liebe sie ... Nein, ich liebe sie nicht. Das ist ein Wort, das hier nicht am Platze ist ... Sie lieben: ach, nein! Ich habe bei ihr ein ernsteres Gefühl, das ich bekämpfen mußte, zu vergessen gesucht. Das scheint Ihnen lächerlich, unbegreiflich? ... Ihrer Seele Reinheit kann nicht zugeben, daß man ein derartiges Heilmittel sucht? ... Nun, es ist nicht die schlechteste Handlung meines Lebens. Wenn wir Männer nicht manchmal die Hilfe hätten, unsere Leidenschaften vom Wege abzubringen, würden wir vielleicht ... ich jetzt vielleicht aus dem Fenster gesprungen sein ... Aber ich weiß nicht, was ich sage, und sie können, mich nicht verstehn ... begreife ich mich doch selbst kaum ...«

»Ich fragte Sie, ob Sie sie lieben,« entgegnete Frau von Piennes mit gesenkten Augen und mit einigem Zaudern, »weil Sie, wenn Sie ... freundschaftliche Gefühle für sie hegten, zweifelsohne den Mut aufbringen würden, ihr etwas wehe zu tun, um ihr dann eine große Wohltat zu erweisen. Sicherlich wird der Kummer, Sie nicht zu sehen, schwer erträglich für sie sein; sehr viel bedenklicher aber würde es sein, sie heute von dem Pfade abzulenken, den sie fast durch Wunder betreten hat. Es handelt sich um ihr »Heil,« Max; daß sie vollkommen eine Zeit vergißt, die Ihre Anwesenheit mit allzu großer Lebhaftigkeit in ihr Gedächtnis zurückrufen würde.«

Max schüttelte den Kopf, ohne zu antworten. Er war nicht religiös, und das Wort Heil, das auf Frau von Piennes so mächtig wirkte, sprach nicht ebenso eindringlich zu seiner Seele. Über diesen Punkt aber hatte er nicht mit ihr zu streiten. Stets vermied er es sorgfältig, ihr seine Zweifel zu zeigen, und auch diesmal noch wahrte er Schweigen; leicht indessen konnte man merken, daß er nicht überzeugt war.

»Ich will die Sprache der Welt mit Ihnen reden,« fuhr Frau von Piennes fort, »wenn es unglücklicherweise die einzige ist, die sie verstehen können; tatsächlich streiten wir über eine arithmetische Rechnung: durch Ihren Anblick hat sie nichts zu gewinnen, viel aber zu verlieren, jetzt wählen Sie.«

»Gnädige Frau,« sagte Max mit bewegter Stimme, »Sie zweifeln, hoffe ich, nicht mehr, daß es hinsichtlich Arsènes meinerseits kein anderes Gefühl geben kann als ein ... recht natürliches Interesse. Welche Gefahr gibt's dabei? Keine. Zweifeln Sie an mir? Denken Sie, ich will den guten Ratschlägen, die Sie ihr geben, entgegenarbeiten? Ach, mein Gott! glauben Sie, daß ich, der ich traurige Schauspiele, die ich mit einem gewissen Schauder fliehe, verwünsche, den Anblick einer Sterbenden mit sträflichen Absichten suche? Ich wiederhole Ihnen, gnädige Frau, für mich ist es ein Pflichtgedanke, eine Sühne, eine Züchtigung, wenn Sie wollen, die ich bei ihr suchen will.«

Bei diesem Wort hob Frau von Piennes den Kopf und sah ihn fest an mit einer überspannten Miene, die allen ihren Gesichtszügen einen erhabenen Ausdruck verlieh. – »Eine Sühne, sagen Sie, eine Züchtigung? ... Nun gut, ja! Ohne Ihr Wissen, Max, gehorchen Sie vielleicht einer »Ankündigung von oben,« und haben recht, sich mir zu widersetzen ... Ja, ich willige ein. Sehen Sie das Mädchen und möge sie das Werkzeug Ihrer Rettung werden wie Sie das ihres Verderbens sein mußten.«

Wahrscheinlich verstand Max nicht ebensogut wie Sie, gnädige Frau, was eine »Ankündigung von oben« ist. Der so plötzliche Entschlußwechsel wunderte ihn, er wußte nicht, wem er ihn zuschreiben sollte, er wußte nicht, ob er Frau von Piennes danken sollte, endlich nachgegeben zu haben; in diesem Augenblicke aber beschäftigte er sich in Hauptsache damit, zu erraten, ob er das Wesen, dem zu mißfallen er vor allem fürchtete, durch seine Hartnäckigkeit ermüdet oder gerade überzeugt hatte.

»Nur, Max,« fuhr Frau von Piennes fort, »bitte ich Sie oder vielmehr fordere ich von Ihnen ...«

Einen Moment hielt sie inne, und Max machte ein Zeichen mit dem Kopfe, das ankündigte, er unterwerfe sich allem.

»Ich verlange,« fuhr sie fort, »daß Sie sie nur mit mir zusammen besuchen.«

Er machte eine erstaunte Geste, beeilte sich aber hinzuzufügen, daß er ihr gehorchen würde.

»Ich verlasse mich nicht durchaus auf Sie,« sprach sie weiter. »Ich fürchte noch, Sie verderben mein Werk, und ich will Erfolg haben. Unter meiner Bewachung werden Sie im Gegenteil ein nützlicher Helfer sein, und ich hege die Hoffnung, Ihre Unterwürfigkeit wird ihren Lohn finden.«

Mit diesen Worten streckte sie ihm die Hand hin. Es wurde abgemacht, daß Max Arsène Guillot am folgenden Morgen besuchen sollte, Frau von Piennes würde vorangehen, um sie auf diesen Besuch vorzubereiten.

Sie verstehn ihr Vorhaben? Zuerst hatte sie gedacht, sie würde Max voller Reue vorfinden und aus Arsènes Beispiel leicht den Text zu einem beredten Sermon gegen seine schlechten Leidenschaften ziehen können; doch wider ihr Erwarten lehnte er jede Verantwortung ab. Man mußte den Angriff ändern und eine einstudierte, feierliche Rede in einem entscheidenden Momente aufschieben, ist ein fast ebenso gefährliches Unterfangen wie inmitten eines unvermuteten Angriffs eine neue Schlachtordnung aufstellen. Frau von Piennes hatte kein Manöver improvisieren können. Anstatt Max zu predigen, hatte sie mit ihm eine Schicklichkeitsfrage besprochen. Plötzlich war ihr ein neuer Gedanke gekommen. Die Gewissensbisse seiner Mittäterschaft werden ihn rühren, hatte sie gedacht. Das christliche Ende einer Frau, die er geliebt hat (und unglücklicher-

44

weise konnte sie nicht daran zweifeln, daß es nahe bevorstand) wird ihm sonder Zweifel einen entschiedenen Schlag versetzen. Auf die Hoffnung hin hatte sie sich plötzlich entschlossen, Max das Wiedersehen mit Arsène zu erlauben. Dadurch gewann sie noch die Vertagung ihrer beabsichtigten Ermahnung; denn, ich glaube es Ihnen schon gesagt zu haben, trotz ihres lebhaften Wunsches, einen Mann zu retten, dessen Verirrungen sie beklagte, schreckte sie unwillkürlich vor dem Gedanken zurück, sich auf eine so ernste Unterredung mit ihm einzulassen.

Stark gerechnet hatte sie mit der Güte ihrer Sache; am Erfolge zweifelte sie noch, und ein Nichtgelingen hieße an Max' Heil verzweifeln, hieß sich dazu verdammen, die Gefühle ihm gegenüber zu ändern. Der Teufel vielleicht, um zu vermeiden, daß sie sich gegen die lebhafte Zuneigung schütze, die sie zu einem Jugendfreunde hegte, der Teufel hatte Sorge getragen, daß sie diese Zuneigung mit einer christlichen Hoffnung rechtfertigte. Dem Versucher ist jede Waffe recht, und derartige Praktiken sind ihm vertraut, darum sagt der Portugiese so elegant: De boâs intencoes esta o inferno cheio. Der Weg zur Hölle ist mit guten Vorsätzen gepflastert. Im Französischen sagt man, er ist mit Frauenzungen gepflastert, und das kommt aufs selbe heraus; denn die Frauen wollen meines Erachtens immer das Gute.

Sie erinnern mich an meine Erzählung. Am folgenden Morgen also ging Frau von Piennes zu ihrem Schützling, den sie sehr schwach, sehr abgeschlagen, aber doch viel ruhiger und viel resignierter vorfand, als sie gehofft hatte. Sie sprach wieder von Herrn von Salligny, doch mit mehr Schonung als am Vorabend.

In Wahrheit müsse Arsène durchaus auf ihn verzichten, und nur noch an ihn denken, um ihre gemeinsame Verblendung zu beweinen. Sie müsse noch, und das bilde einen Teil ihrer Buße, sie müsse ihre Reue Max selber noch zeigen, ihm ein Beispiel geben, indem sie ihr Leben ändere und ihm für die Zukunft der Gewissensruhe versichere, deren sie selber sich erfreue. Mit allen diesen christlichen Ermahnungen versäumte Frau von Piennes nicht, einige weltliche Argumente zu verbinden. Das zum Beispiel: wenn Arsène Herrn von Salligny wirklich liebe, müsse sie vor allem sein Wohl wünschen, und durch die Änderung ihrer Aufführung würde sie die

Schätzung eines Mannes verdienen, die er ihr in Wirklichkeit noch nicht hatte gewähren können. Alles was streng und traurig an dieser Rede war, wurde plötzlich zunichte, als Frau von Piennes ihr am Schlusse anzeigte, daß sie Max wiedersehn und daß er kommen würde. Die lebhafte Röte, die ihre durch Leiden seit langem bleichen Wangen plötzlich beseelte, der außerordentliche Glanz, in welchem ihre Augen strahlten, hätten es Frau von Piennes fast bereuen lassen, ihre Einwilligung zu dieser Zusammenkunft gegeben zu haben; doch zu einem Entschlußwechsel war nicht mehr Zeit. Einige Minuten, die ihr noch vor Max' Ankunft blieben, verwandte sie zu frommen und nachdrücklichen Ermahnungen, die aber wurden mit einer großen Zerstreutheit angehört, denn Arsène schien nur damit beschäftigt, ihre Haare zu ordnen und das zerknitterte Band ihres Häubchens glattzustreichen.

Endlich erschien Herr von Salligny. Alle seine Gesichtszüge waren gespannt, um heiter und sicher zu erscheinen. Er fragte sie, wie sie sich befinde, und zwar mit einem Stimmklang, den er natürlich herauszubringen versuchte, was ein Katarrh aber nicht hergeben wollte. Arsène ihrerseits war nicht mehr die alte, sie stotterte, konnte keine Worte finden, nahm aber Frau von Piennes Hand und führte sie an ihre Lippen, wie um ihr zu danken. Was man sich in einer Viertelstunde sagte, war das nämliche, was sich verlegene Leute allenthalben sagen. Frau von Piennes allein bewahrte ihre übliche Ruhe oder vielmehr besser vorbereitete Ruhe; sie beherrschte sich besser. Häufig antwortete sie für Arsène, und die fand, daß ihre Interpretin ihre Gedanken recht schlecht wiedergäbe. Die Unterhaltung schlief ein; Frau von Piennes merkte, daß die Kranke viel huste, erinnerte sie daran, daß der Arzt ihr das Reden untersagte, und sich an Max wendend, erklärte sie, er würde besser tun, ein bischen vorzulesen, als Arsène durch seine Fragen zu ermüden. Voller Eifer nahm Max sofort ein Buch und näherte sich dem Fenster, denn das Zimmer war etwas dunkel. Er las, ohne viel zu verstehn. Sonder Zweifel begriff Arsène nichts mehr, es hatte aber das Aussehn, als ob sie mit lebhaftem Eifer zuhörte. Frau von Piennes stickte an einer Handarbeit, die sie mitgebracht hatte; die Wärterin kniff sich in den Arm, um nicht einzuschlafen. Unaufhörlich wanderten Frau von Piennes Augen vom Bett zum Fenster; nimmer hielt Argus mit seinen hundert Augen so gut Wache. Nach einigen Minuten neigte sie sich zu Arsènes Ohr herunter:

»Wie gut er liest!« sagte sie ganz leise.

Arsène warf ihr einen Blick zu, der merkwürdig gegen das Lächeln ihres Mundes abstach:

»Oh! ja,« antwortete sie.

Dann senkte sie die Augen, und von Minute zu Minute erschien eine schwere Träne am Rande ihrer Wimpern und rollte über ihre Wangen, ohne daß sie Acht darauf gab. Max wandte seinen Kopf nicht ein einziges Mal um. Nach einigen Seiten sagte Frau von Piennes zu Arsène:

»Wir wollen Sie jetzt ruhen lassen, mein Kind. Ich fürchte, wir haben Sie etwas ermüdet. Bald werden wir Sie wieder besuchen.«

Sie erhob sich und wie ihr Schatten stand Max auf. Ohne ihn fast anzusehn, sagte Arsène ihm Lebewohl.

»Ich bin zufrieden mit Ihnen, Max,« sagte Frau von Piennes, die er bis an ihre Türe begleitet hatte, »und mit ihr noch mehr. Das arme Mädchen ist ganz entsagungsvoll, sie gibt Ihnen ein Beispiel.«

»Leiden und schweigen, gnädige Frau, ist denn das so schwer zu lernen?«

»Was man vor allem lernen muß, ist, sein Herz bösen Gedanken zu verschließen!«

Max grüßte sie und entfernte sich eilig.

Als Frau von Piennes Arsène am folgenden Morgen wiedersah, fand sie sie beim Betrachten eines Straußes seltener Blumen, der auf einen Tisch bei ihrem Bette gestellt worden war.

»Herr von Salligny hat sie mir geschickt,« sagte sie. »Man hat von ihm aus angefragt, wie es mir gehe. Er ist nicht heraufgekommen.

»Die Blumen sind sehr schön,« sagte Frau von Piennes etwas trocken.

»Früher hatte ich Blumen sehr gern,« erklärte die Kranke seufzend; »und er hat mich verwöhnt damit ... Herr von Salligny verwöhnte mich, schenkte mir von allem das Schönste, was er finden konnte ... Aber das macht mir jetzt keine Freude ... Sie duften zu stark ... Sie sollten den Strauß nehmen, gnädige Frau; er wird sich nicht grämen, wenn ich ihn Ihnen schenke.«

»Nein, meine Liebe; der Anblick der Blumen macht Ihnen Freude,« erwiderte Frau von Piennes mit einem sanfteren Tone, denn der tief traurige Akzent der armen Arsène hatte sie sehr bewegt. »Ich will die duftenden nehmen, behalten Sie die Kamelien.«

»Nein, Kamelien verabscheue ich ... Sie erinnern mich an den einzigen Streit, den wir gehabt haben ... als ich bei ihm war.«

»Denken Sie nicht mehr an solche Torheiten, mein liebes Kind.«

»Eines Tages,« fuhr Arsène, Frau von Piennes fest anblickend, fort, »eines Tages fand ich in seinem Zimmer eine schöne rosa Kamelie in einem Wasserglase. Ich wollte sie nehmen, er wollte es nicht, hinderte mich sogar, sie anzufassen. Ich war hartnäckig, sagte ihm Dummheiten. Er nahm sie, sperrte sie in einen Schrank und steckte den Schlüssel in seine Tasche. Ich, ich tobte entsetzlich, zerbrach ihm sogar eine Porzellanvase, die er sehr gern hatte. Nichts geschieht. Ich merkte wohl, daß er sie von einer feinen Dame hatte. Nie habe ich erfahren, woher diese Kamelie stammte.«

Während sie so sprach, heftete Arsène einen festen und fast spöttischen Blick auf Frau von Piennes, die unwillkürlich die Augen niederschlug. Es herrschte ein ziemlich langes Schweigen, das nur der schwere Atem der Kranken störte. Dunkel erinnerte sich Frau von Piennes an eine gewisse Kameliengeschichte. Als sie eines Tages bei Frau Aubrée speiste, hatte Max ihr gesagt, daß seine Tante ihm eben zum Geburtstag gratuliert hätte, und bat sie, ihm auch einen Strauß zu schenken. Lachend hatte sie eine Kamelie aus ihren Haaren losgemacht und sie ihm geschenkt. Wie aber war ein so unbedeutendes Geschehnis in ihren Gedanken haften geblieben? Frau von Piennes konnte es sich nicht erklären. Fast war sie ein bischen erschrocken darüber. Die Art Verwirrung, die sie sich selbst gegenüber verspürte, war kaum verscheucht, als Max eintrat und sie sich rot werden fühlte.

»Dank für Ihre Blumen,« sagte Arsène; »aber sie machen mir Kopfweh ... Sie sollen nicht verloren gehn; ich hab' sie der gnädigen

Frau geschenkt. Lassen Sie mich nicht sprechen, man verbietet's mir. Wollen Sie mir etwas vorlesen?«

Max setzte sich und las. Dieses Mal hörte niemand zu; und ich denke, jeder, der Leser einbegriffen, verfolgte den Faden seiner eigenen Gedanken.

Als Frau von Piennes aufstand, um fortzugehn, wollte sie den Strauß auf dem Tische stehn lassen, Arsène aber erinnerte sie an ihn. Sie nahm also das Bukett mit und war verstimmt, sich vielleicht etwas geziert zu haben, weil sie diese Bagatelle nicht sofort angenommen hatte. – Was ist denn Schlimmes dabei? dachte sie. Aber es war schon schlimm, daß sie sich diese simple Frage stellte.

Ohne dazu aufgefordert zu sein, folgte ihr Max bis ins Haus. Sie setzten sich und verharrten, die Augen von einander abwendend, so lange in Schweigen, daß sie verlegen wurden.

»Das arme Mädchen,« sagte Frau von Piennes, »tut mir innig leid. Wie es scheint, ist fast keine Hoffnung mehr.«

»Sie haben den Arzt gesehn,« fragte Max, »was sagt er?«

Frau von Piennes schüttelte den Kopf:

»Sie hat nur noch wenige Tage in dieser Welt zu leben. Heute Morgen hat man ihr die letzte Ölung gegeben.«

»Ihr Gesicht zu sehen, bereitet einem Qual,« sagte Max, der in eine Fensternische trat, wahrscheinlich um seine Bewegung zu verbergen.

»Sicher ist es grausam, in ihrem Alter zu sterben,« versetzte Frau von Piennes ernst; »doch wer weiß, ob es nicht ein Unglück für sie wäre, wenn sie weiter lebte? ... Indem die Vorsehung sie vor einem Verzweiflungstode bewahrte, hat sie ihr Zeit zur Reue lassen wollen ... Das ist eine große Gnade, deren Wert sie jetzt selber fühlt. Abbé Dubignon ist sehr zufrieden mit ihr. Man darf sie nicht zu sehr beklagen, Max!«

»Ich weiß nicht, ob man Leute, die jung sterben, beklagen soll,« antwortete er ein wenig heftig... »Ich, ich würde gern jung sterben; was mich aber besonders betrübt, ist, sie so leiden zu sehen.«

»Die Leiden des Körpers sind der Seele oft von Nutzen...«

Ohne zu antworten, ließ Max sich in der äußersten Zimmerecke in einem dunklen, durch dichte Vorhänge halb verstecktem Winkel nieder. Frau von Piennes arbeitete oder arbeitete scheinbar, die Augen auf eine Stickerei geheftet; aber es schien ihr, als ob Max' Blick wie etwas Schweres auf ihr laste.

Diesen Blick, den sie floh, glaubte sie zu fühlen, wie er über ihre Hände, über ihre Schultern, über ihre Stirne irrte. Ihr schien's, daß er auf ihrem Fuße haften blieb, und sie verbarg ihn schnell unter ihrem Kleide. – Es ist vielleicht etwas Wahres an dem, was man vom magnetischen Fluidum sagt, gnädige Frau.

»Sie kennen den Admiral von Rigny, gnädige Frau?« fragte Max plötzlich.

»Ja, ein wenig.«

»Ich würde Sie vielleicht um einen Dienst bei ihm bitten ... ein Empfehlungsschreiben ...«

»Warum denn?«

»Seit einigen Tagen mache ich Pläne, gnädige Frau,« fuhr er mit gemachter Lustigkeit fort. »Ich arbeite an meiner Bekehrung und möchte gern eine gute christliche Tat tun, bin aber in Verlegenheit, wie ich's anfangen soll ...«

Frau von Piennes warf ihm einen etwas strengen Blick zu.

»Bei folgendem bin ich stehn geblieben,« fuhr er fort. »Ich bin ärgerlich, weil ich so wenig von Militärdingen weiß, wie man sich im Karree aufstellt, doch das läßt sich lernen ... und so hab' ich die Ehre, Ihnen zu sagen, ich habe große Lust, nach Griechenland zu gehn und dort – um des größten Ruhmes des Kreuzes willen, zu versuchen, irgend einen Türken zu töten!«

»Nach Griechenland!« rief Frau von Piennes, ihr Knäuel fallen lassend.

»Nach Griechenland. Hier tue ich nichts; ich langweile mich; bin zu nichts gut; kann nichts Nützliches tun; es gibt niemanden auf der Welt, dem ich zu etwas gut bin. Warum soll ich nicht gehn und Lorbeeren einheimsen, oder mir um einer guten Sache willen den Kopf zerschießen lassen? Für mich sehe ich überdies kein anderes Mittel, in den Ruhm oder den Tempel der Erinnerung einzugehn, von dem ich soviel halte. Stellen Sie sich vor, gnädige Frau, welche Ehre für mich, wenn man in der Zeitung lesen wird: Man schreibt uns aus Tripolitza, daß Herr von Salligny, ein junger Philhellene, der zu den höchsten Hoffnungen berechtigte – in einer Zeitung kann man das so gut sagen – der zu den höchsten Hoffnungen berechtigte, eben als ein Opfer seiner Begeisterung für die heilige Sache der Religion und der Freiheit gefallen ist. Der grausame Kurschid-Pascha hat sich unter Hintansetzung aller Wohlanständigkeit hinreißen lassen, ihm den Kopf abzusäbeln ... Der ist nach dem, was alle Welt sagt, just das Schlechteste an mir, nicht wahr, gnädige Frau?« Und er lachte gezwungen.

»Reden Sie im Ernst, Max? Sie wollen nach Griechenland gehn?«

»Sehr ernst, gnädige Frau; nur würd' ich darauf sehen, daß mein Nekrolog erst so spät wie möglich erscheint.«

»Was wollten Sie in Griechenland machen? Nicht Soldaten sind's, die den Griechen fehlen ... Sie würden einen ausgezeichneten Soldaten abgeben, des bin ich sicher, aber ...«

»Einen prächtigen Grenadier von fünf Fuß, sechs Zoll!« rief er, sich auf die Beine stellend; »die Griechen müßten ja sehr albern sein, wenn sie einen solchen Rekruten nicht haben wollten! Spaß beiseite, gnädige Frau,« fuhr er fort, sich wieder in einen Sessel zurückfallen lassend, »das ist, glaub' ich, das Beste, was ich tun kann. Ich mag nicht in Paris bleiben! (diese Worte stieß er mit einer gewissen Wucht hervor). Da bin ich unglücklich; werd' doch hundert Dummheiten anfangen... Ich hab' keine Widerstandskraft... Doch wir werden noch davon reden, ... ich reise ja nicht sofort ab ... aber ich werde reisen ... Oh! ja, es muß sein; ich habe meinen heiligsten Eid geleistet. – Wissen Sie, daß ich seit zwei Tagen griechisch lerne? Ω φιλτατη φιλω σε

's ist eine sehr schöne Sprache, nicht wahr?«

Frau von Piennes hatte Lord Byron gelesen und erinnerte sich dieser griechischen Phrase, die der Kehrreim einer seiner kleinen leichten Dichtungen ist. Die Übersetzung ist, wie Sie wissen, in der Anmerkung angegeben; sie heißt: »Mein Herz, ich liebe Dich.« – Das sind dortzulande verbindliche Redensarten.

Frau von Piennes verwünschte ihr all zu gutes Gedächtnis; sie hütete sich wohl zu fragen, was die griechischen Worte besagen sollten, und fürchtete nur, ihr Gesicht möchte zeigen, daß sie sie verstanden hätte. Max hatte sich dem Piano genähert. Seine wie zufällig auf die Tasten fallenden Hände schlugen einige melancholische Akkorde an. plötzlich griff er nach seinem Hute; und sich nach Frau von Piennes umkehrend, fragte er sie, ob sie am Abend zu Frau Darsenay zu gehen gedächte.

»Ich denke, ja,« antwortete sie etwas zögernd.

Er drückte ihr die Hand und ging sofort weg, sie einer Erregung, wie sie noch keine verspürt hatte, als Beute lassend.

Alle ihre Gedanken waren verwirrt und folgten einander mit solcher Schnelligkeit, daß sie keine Zeit hatte, bei einem einzigen zu verweilen. Es war wie jene Folge von Bildern, die vor dem Fenster eines fahrenden Eisenbahnwagens erscheinen und verschwinden. Doch ebenso, wie mitten im schnellsten Fahren das Auge, welches nicht alle Einzelheiten erfaßt, doch den Hauptcharakter der Landschaften, die man durchquert, aufnimmt, ebenso empfand Frau von Piennes inmitten dieses Chaos von auf sie einstürmenden Gedanken ein Schaudergefühl und glaubte sich wie an einen jähen Abhang inmitten furchtbarer Abstürze gezerrt. Daß Max sie liebte, daran war nicht zu zweifeln. Diese Liebe (sie sagte Neigung) war schon älteren Datums, doch bis dahin hatte sie sich noch nicht darüber beunruhigt. Zwischen einer frommen Frau wie ihr und einem Lebemann wie Max erhob sich eine unübersteigbare Schranke, die sie früher sicher machte. Obwohl sie nicht unempfindlich war der Freude oder dem eitlen Gedanken gegenüber einem so leichtfertigen Manne, wie es Max in ihrer Vorstellung war, ein ernsthaftes Gefühl einzuflößen, hatte sie nimmer daran gedacht, daß diese Neigung eines Tages ihrer Ruhe gefährlich werden könnte. Jetzt, wo der Taugenichts sich besserte, fing sie zu fürchten an. Seine Bekehrung, die sie sich zuschrieb, konnte also für sie und für ihn eine Ursache des Kummers und der Qualen werden. Für Augenblicke suchte sie sich zu überreden, daß die Gefahren, die sie undeutlich voraussah, keinen wirklichen Grund hatten. Diese jäh beschlossene Reise, der Umschwung, den sie in Herrn von Sallignys Benehmen bemerkt hatte, ließen sich allenfalls mit der Liebe erklären, die er für

Arsène Guillot bewahrt hatte. Doch, seltsam! Dieser Gedanke war ihr unerträglicher als die anderen, und fast war's eine Erleichterung für sie, sich seine Unwahrscheinlichkeit zu beweisen.

Frau von Piennes brachte den ganzen Abend damit hin, sich so Phantome zu schaffen, sie zu zerstören, sie zu verbessern. Sie mochte nicht zu Frau Darsenay fahren und, um ihrer selbst noch sicherer zu sein, erlaubte sie ihrem Kutscher auszugehn und wollte sich früh schlafen legen ... Sobald sie diesen hochherzigen Entschluß aber gefaßt hatte und in keiner Weise widerrufen konnte, machte sie sich klar, daß er eine ihrer selbst unwürdige Schwäche sei, und bereute ihn. Vor allem fürchtete sie, Max möchte die Ursache ahnen; und da sie vor ihren eigenen Augen sich den wirklichen Grund ihres Nichtausgehens nicht verbergen konnte, kam sie dahin, sich bereits für schuldig zu halten, denn einzig ihre Befangenheit Herrn von Salligny gegenüber erschien ihr als Verbrechen. Sie betete lange, fand sich aber dadurch nicht erleichtert. Ich weiß nicht, um wieviel Uhr sie endlich einschlief; sicher ist, daß, als sie aufwachte, ihre Gedanken ebenso verwirrt waren wie am Vorabend; und ebenso weit war sie davon entfernt, einen Entschluß fassen zu können.

Während sie frühstückte, – denn man frühstückt trotz allem, gnädige Frau, vor allem, wenn man schlecht zu Abend gespeist – las sie in einer Zeitung, daß, ich weiß nicht was für ein Pascha eine Stadt in Rumelien geplündert hatte. Frauen und Kinder waren massakriert worden; einige Philhellenen waren mit den Waffen in der Hand umgekommen oder langsam unter schrecklichen Martern getötet worden. Dieser Zeitungsartikel war wenig geeignet, Frau von Piennes die Reise nach Griechenland, die Max vorbereitete, billigen zu lassen. Sie sann traurig über ihre Lektüre nach, als man ihr ein Briefchen von ihm brachte. Am vorigen Abend hatte er sich bei Frau Darsenay furchtbar gelangweilt; und in seiner Unruhe, Frau von Piennes dort nicht getroffen zu haben, schrieb er ihr, um sich nach ihrem Befinden zu erkundigen, und um sie zu fragen, zu welcher Stunde sie zu Arsène Guillot gehen würde. Frau von Piennes hatte keinen Mut zu schreiben und ließ antworten, sie würde zur gewohnten Stunde hingehn. Dann kam ihr der Gedanke, sofort hinzugehn, um Max nicht zu begegnen; beim Erwägen aber fand sie; das sei eine kindische und schimpfliche Lüge, schlimmer als ihre Schwäche vom Vorabend. Sie wappnete sich also mit Mut, betete inbrünstiglich, ging, als es Zeit war, fort und stieg festen Fußes in Arsènes Zimmer hinauf.

III.

Sie traf das arme Mädchen in einem mitleidserregendem Zustande an. Augenscheinlich war ihre letzte Stunde nahe, und seit dem Vortage hatte das Leiden schreckliche Fortschritte gemacht. Ihr Atmen war nur noch ein schmerzvolles Röcheln, und man sagte Frau von Piennes, sie habe am Morgen mehreremals Delirien gehabt, der Arzt glaube nicht, daß sie den anderen Morgen erleben werde.

Arsène indessen erkannte ihre Beschützerin und dankte ihr, gekommen zu sein, um sie zu sehen.

»Sie werden sich nicht länger ermüden, meine Treppe hinaufzusteigen,« sagte sie mit erloschener Stimme.

Jedes Wort schien sie eine furchtbare Anstrengung zu kosten und, was ihr an Kräften noch blieb, zu nehmen. Man mußte sich über ihr Bett neigen, um sie zu verstehen. Frau von Piennes hatte ihre Hand genommen, sie war bereits kalt und wie leblos.

Max erschien bald und näherte sich schweigend dem Bette der Sterbenden. Sie machte ihm ein leichtes Zeichen mit dem Kopfe, und als sie bemerkte, daß er in der Hand ein Buch in einer Hülle hatte, murmelte sie schwach: »Heute werden Sie nicht lesen.«

Frau von Piennes warf einen Blick auf das angebliche Buch: es war eine aufgezogene Karte von Griechenland, die er im Vorübergehn gekauft hatte.

Abbé Dubignon, der seit dem Morgen bei Arsène war, bemerkte, mit welcher Schnelligkeit der Kranken Kräfte sich erschöpften und wollte zu ihrem Heile die wenigen Augenblicke, die ihr noch blieben, ausnützen. Er entfernte Max und Frau von Piennes, und über das Schmerzensbett gebeugt, richtete er an das arme Mädchen die ernsten und trostreichen Worte, welche die Religion sich für derartige Augenblicke aufspart. In einer Zimmerecke kniete Frau von Piennes im Gebet und Max, der aufrecht am Fenster stand, schien in eine Statue verwandelt.

»Sie verzeihen allen, die Sie beleidigt haben, meine Tochter?« fragte der Priester mit bewegter Stimme.

»Ja! ... mögen sie glücklich sein!« antwortete die Sterbende, indem sie sich anstrengte, um sich hörbar zu machen.

»Verlassen Sie sich auf Gottes Barmherzigkeit, meine Tochter,« fuhr der Abbé fort, »die Reue öffnet des Himmels Tore.«

Einige Minuten noch setzte der Abbé seine Ermahnungen fort; dann hörte er zu sprechen auf, da er nicht wußte, ob er nur noch einen Leichnam vor sich hatte. Leise stand Frau von Piennes auf, und jedweder blieb einige Zeit unbeweglich, voller Angst Arsènes fahles Antlitz anschauend. Ihre Augen waren geschlossen. Jeder hielt seinen Atem zurück, wie um den schrecklichen Schlummer nicht zu stören, der vielleicht für sie begonnen hatte, und deutlich hörte man in dem Zimmer das leise Ticken einer auf den Nachttisch gelegten Taschenuhr.

»Sie ist verschieden, das arme Fräulein!« sagte endlich die Wärterin, nachdem sie ihre Tabaksdose Arsènes Lippen genähert hatte; »Sie sehen, das Glas ist nicht angelaufen. Sie ist tot!«

»Armes Kind!« rief Max, aus seiner Betäubung erwachend, in die er versunken gewesen war. »Welches Glück hat sie auf dieser Welt gefunden?«

Plötzlich, und wie von seiner Stimme belebt, öffnete Arsène die Augen.

»Ich habe geliebt!« murmelte sie mit dumpfer Stimme.

Sie bewegte die Finger und schien die Hände ausstrecken zu wollen. Max und Frau von Piennes hatten sich genähert und nahmen jeder eine ihrer Hände.

»Ich habe geliebt,« wiederholte sie mit einem traurigen Lächeln.

Das waren ihre letzten Worte. Max und Frau von Piennes hielten lange ihre eisigen Hände, ohne es zu wagen, die Augen aufzuschlagen ...

Nun, gnädige Frau, Sie sagen mir, meine Geschichte sei zu Ende und Sie wollten nichts mehr hören. Ich hatte geglaubt, Sie würden neugierig sein und wissen wollen, ob Herr von Salligny nach Griechenland reiste oder nicht; ob ... Aber es ist spät, Sie haben genug. Schön! Hüten Sie sich wenigstens vor kühnen Meinungen, ich erkläre feierlichst, daß ich nichts gesagt habe, was Sie dazu ermächtigen könnte.

Zweifeln Sie vor allem nicht daran, daß meine Geschichte wahr ist. Oder sollten Sie zweifeln?

Gehen Sie auf den Père Lachaise: zwanzig Schritte links vom Grabe des Generals Foy, werden Sie einen ganz einfachen feinkörnigen Kalkstein finden, von immer gut gepflegten Blumen umgeben. Auf dem Steine können Sie in großen Buchstaben eingegraben den Namen meiner Heldin finden: Arsène Guillot, und wenn Sie sich über dies Grab beugen, werden Sie, wenn der Regen es nicht schon ausgelöscht hat, eine mit sehr feiner Schrift geschriebene Bleistiftzeile bemerken:

Arme Arsène! sie bittet für uns.

Über tredition

Eigenes Buch veröffentlichen

tredition wurde 2006 in Hamburg gegründet und hat seither mehrere tausend Buchtitel veröffentlicht. Autoren veröffentlichen in wenigen leichten Schritten gedruckte Bücher, e-Books und audio-Books. tredition hat das Ziel, die beste und fairste Veröffentlichungsmöglichkeit für Autoren zu bieten.

tredition wurde mit der Erkenntnis gegründet, dass nur etwa jedes 200. bei Verlagen eingereichte Manuskript veröffentlicht wird. Dabei hat jedes Buch seinen Markt, also seine Leser. tredition sorgt dafür, dass für jedes Buch die Leserschaft auch erreicht wird.

Im einzigartigen Literatur-Netzwerk von tredition bieten zahlreiche Literatur-Partner (das sind Lektoren, Übersetzer, Hörbuchsprecher und Illustratoren) ihre Dienstleistung an, um Manuskripte zu verbessern oder die Vielfalt zu erhöhen. Autoren vereinbaren direkt mit den Literatur-Partnern die Konditionen ihrer Zusammenarbeit und partizipieren gemeinsam am Erfolg des Buches.

Das gesamte Verlagsprogramm von tredition ist bei allen stationären Buchhandlungen und Online-Buchhändlern wie z. B. Amazon erhältlich. e-Books stehen bei den führenden Online-Portalen (z. B. iBookstore von Apple oder Kindle von Amazon) zum Verkauf.

Einfach leicht ein Buch veröffentlichen: **www.tredition.de**

Eigene Buchreihe oder eigenen Verlag gründen

Seit 2009 bietet tredition sein Verlagskonzept auch als sogenanntes "White-Label" an. Das bedeutet, dass andere Unternehmen, Institutionen und Personen risikofrei und unkompliziert selbst zum Herausgeber von Büchern und Buchreihen unter eigener Marke werden können. tredition übernimmt dabei das komplette Herstellungs- und Distributionsrisiko.

Zahlreiche Zeitschriften-, Zeitungs- und Buchverlage, Universitäten, Forschungseinrichtungen u.v.m. nutzen diese Dienstleistung von tredition, um unter eigener Marke ohne Risiko Bücher zu verlegen.

Alle Informationen im Internet: **www.tredition.de/fuer-verlage**

tredition wurde mit mehreren Innovationspreisen ausgezeichnet, u. a. mit dem Webfuture Award und dem Innovationspreis der Buch Digitale.

tredition ist Mitglied im Börsenverein des Deutschen Buchhandels.

Dieses Werk elektronisch lesen

Dieses Werk ist Teil der Gutenberg-DE Edition DVD. Diese enthält das komplette Archiv des Projekt Gutenberg-DE. Die DVD ist im Internet erhältlich auf **http://gutenbergshop.abc.de**

FSC
www.fsc.org
MIX
Papier | Fördert
gute Waldnutzung
FSC® C083411

Zeitfracht Medien GmbH
Ferdinand-Jühlke-Straße 7
99095 Erfurt, Deutschland
produktsicherheit@kolibri360.de